KB043421

사람아,
너의 꽃말은
외로움이다

사람아,
너의 꽃말은
외로움이다

이동영 쓰고 이슬아 그리다

다반

꽃향기만 남기고
가지 말아요

11년 전, 딱 한 편의 내 시를 세상에 보인 적이 있었다.

사람아
외로워해도 좋다

너는 꽃이다
흔들리며 피어나는
한 떨기 꽃이란다

바람에 휘청대도 꺾이지 않을

사라지지 않을 너의 향기는
고요하리라

온실을 그리워 말며
끊임없이 상처로 거듭나라
뿌리 깊은 상처가
새로운 바람을 이기게 하리라

사람아,
너의 꽃말은 외로움이다

이 시를 썼던 당시의 나를 떠올려 본다. 지금보다 서툴렀
고 어설펐고 비루했었다. 빨리 30대가 되고 40대가 되게
해달라는 기도를 틈만 나면 해댔는데, 벌써 불혹을 내일모
레 앞두고 있다니! 솔직히 기쁘다.

응? 하고 의아하게 볼 수도 있겠으나 나는 10대와 20대에
지독히도 외로웠다. 지겹도록 외로웠다. 가족이 나에게 사
랑을 듬뿍 주었음에도 사람으로 태어난 원초적 외로움은

별수 없었다. 본연의 외로움이라면 다들 느낄 텐데, 내가 유난히도 예민했던 그 원천이 무엇이었을까.

MBTI가 I라서? 그렇게 단순화해서 말할 문제였다면 차라리 좋았겠다.

무의식으로 발현하는 방어기제는 대개 결핍이나 과잉이 문제다. 우선 가족 친척 할 것 없이 사랑이 넘쳤다. 아마 내가 유독 외로움을 탔던 이유는 애정을 받는 일이 자연스러웠던 가정과 다르게, 밖에서 그만큼의 사랑을 못 받았기 때문은 아니었을까. 사랑 대신 극단의 경험을 반복했기 때문일 것이다. 초중고 시절 소위 '학폭'을 겪고, 이른 나이(19세)에 자원입대해서는 '구타 및 가혹행위'를 줄기차게 당했다. 그때, "넌 쓸모없으니 세상에서 사라져야 해."라는 말을 '거의 매일' 오○○ 선임으로부터 1년 정도 들었다. 보통 군에서 자살하는 이들의 유서엔 '내가 쓸모없다고 느껴진다'라고 적혀 있다. 군대 안에서 내 편은 없었다. 섬에 갇힌 기분이었다. 내 나이 겨우 스물하나였다.

그래도 겨우 살아 나왔다. 뭔가 심상치 않음을 느낀 부모님의 잦은 면회가 숨통을 트게 했다. 막상 나와 보니 세상

과 사람이 어디 좋게 보일 리가 없지 않나. 군대까지 나온
다 큰 성인이 가족의 사랑을 갈구하는 것도 한계가 있었
다. 제대 후 무엇을 하고 싶은지 정확히 몰랐던 나는 길게
방황했다. 차라리 이 기간에 잘 놀아라도 봤으면 모르겠
는데, 기회가 찾아와도 신나게 놀아 볼 용기조차 없었다.
두려움에 못 이긴 망설임의 결과는 늘 혼자인 나로 회귀
였다.

곁에 누가 있어도 날 지배한 감정은 한 가지였다. 임재범
의 <비상>이라는 2절 노래 가사처럼 상처받기보다는 스스
로 '혼자'를 자주 택했다. 혼자 있을 때 즐거워야 진짜 즐거
운 내 삶이다. 글 쓰고 그림 그리고 노래 부르는 취미가 있
어서 대체로는 즐거웠다. 세상은 급속도로 발전했고 개인
의 즐거움을 인증하는 SNS가 나왔다. 이를 통해 깨달은 건
'나만 외로운 게 아니'란 사실이었다. 다들 외로웠구나~ 하
는 상대적 다행감. 지금도 날 힘겹게 하는 사람을 마주하
면 나는 속으로 생각한다.

    '졸라' 많이 외로운가 보다.

해소하지 못해 뾰족해진 감정들이 자신에게 향하거나 외부에 향할 뿐이라고.

부모님이 함께 나이 들었다는 걸 제외하면 나는 불혹을 앞 둔 지금이 내 생애 가장 행복한 시절이라 말하고 싶을 정 도다. 무탈의 연속이 이렇게 오래 유지되는 시기도 없었 다. 외로워도 아프진 않다. 일찌감치 세상과 사람에 크게 실망하고 상처로 난도질당한 덕인지, 감정의 바닥을 찍어 본 게 지금은 진통제처럼 고통 유예의 약효를 발휘한다. 어떤 위기나 시련이 닥쳐와도 크게 동요되진 않는다. 최소 한 '졸라 많이 외롭진 않다'는 말이다.

외로움이라는 말이 없었을 때 우린 외로움을 어떻게 견뎠 을까. 나는 가끔 상상한다. 이렇게 대놓고서 사람은 모두 외롭다며 글로 새길 수 있음이 차라리 잘된 일인 걸까?

타고나기를 예민한 사람, 생각이 너무 많은 사람, 하나에 진득하게 집중 못 하는 사람, 이들은 하나같이 인정받고 싶은 욕망이 강한 인간으로 귀결된다. 인정은 성과의 인정이전에 존재의 인정이다. 존재감을 인정받기 위해 우리는 '있어 보이는' 사람보다 궁극적으로 '도움이 되는 사람'이 되고 싶어 한다. 그 존재의 가치를 인정받아야 인생이 의미 있다고 본능적으로 느낀다. 돈을 벌기 위해 일하고 여가를 즐기기 위해 취미 생활을 하고 서로에게 끌려 연애와 결혼을 한다고 생각하지만 실은 이 모든 게 존재감의 발현을 지속하기 위함이라고 나는 생각한다. 그리고 우리는 이어져 있다. 저마다의 모양과 저마다의 색깔, 저마다의 향기와 저마다의 시련으로.

사람이 꽃처럼 드러나는 순간이다.

외로움은 나쁜 감정이 아니다. 외로움 때문에 무언가 문제가 생기는 걸 외로움의 탓으로 돌리기 전에 내가 다시 존재감을 발현할 무엇을 찾으면 한결 나아진다. 이 책은 꽃 같은 우리네 인생에 존재감을 잃지 않기 위해 부대끼는 것들에 대한 소소한 사유를 담았다.

태어난 김에 시들 때까지 나 여기 있어요- 티 내며 살아내야 하는 우리의 꽃말은 외로움 그 자체와 같기에. 글을 읽다가 한 문장 정도가 문득 씹히면 우리가 공유하는 외로움 덕분이겠다. 당신이 외로운 것처럼 나도 외롭다고 쓴 이 책의 페이지를 넘길 때마다 아주 조금씩의 해방감을 맛본다면 좋겠다. 외로움은 같은 외로움으로 해방된다.

이 이야기가 좋다면 당신 어디엔가 비슷한 상처나 고통이 있기 때문이겠다.

내가 계속 글을 쓰는 이유와도 맞닿아 있다. 극단적인 마음을 거두고 다시 살 희망을 얻었다는 독자들의 구구절절한 메시지나 댓글을 나는 잊지 못한다.

꽃처럼 흔들리고 꽃처럼 아름답고 꽃처럼 향기롭고
꽃처럼 피었다가 시들어갈 운명을 기꺼이 받아들이는
마음으로, 바람을 이겨내면 좋겠다.
꺾이지 않는 그 모습 그대로 자신을 사랑하며 살아갔으면.

그랬으면 좋겠다.

서문의 끝으로, 외로울 때마다 내가 은밀히 되뇌는 문장을 소개한다. 故 이외수 선생님 생전에, 내 책에 실어도 된다는 허락을 직접 맡았던 시 구절이다. 홀로 외로움을 떠안고 살아가는 생(生) 자체를 있는 그대로 받아들이면 불필요하게 날 덮치는 감정에 쉬이 무너지는 법이 없다. 이 짧은 시구는 외롭던 나의 많은 '오늘'을 지나게 해주었다.

이외수 詩 「저무는 바다를 머리맡에 걸어두고」 중에서 마지막 시구.

살아간다는 것은
오늘도
내가 혼자임을 아는 것이다

2023년 4월
종암동 스타벅스에서
이 동 영

02 너와 내가 부지런히 사랑했음 좋겠다

03 오늘 하루 잘 보내는 연습을 합니다

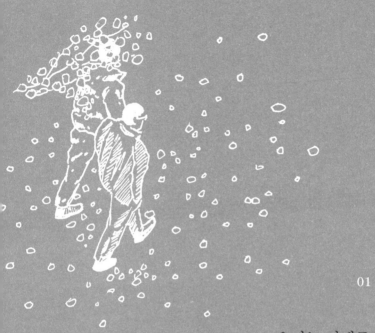

01

우리는 언제든
서로를 먼저 떠날 수
있다

먼저 연락도 안 하면서
외로움을 타는 나

tvN 〈업글인간〉이란 예능 프로그램에서 가수 김종민과 딘딘이 나왔다.

'…어떻게 보내지.'

김종민이 한 연예계 선배에게 안부 문자를 보내려는데 '좋은 말이 생각이 안 나.'라며 딘딘 앞에서 고민하는 모습을 보인다. 그러자 딘딘이 '왜 좋은 얘기를 하려고 해! 그냥 대화하면 되잖아.'라고 조언을 해준다. 김종민은 나도 문자든 통화버튼이든 누르고 싶은데, 낯간지러워 못 하겠다고 하소연한다. 그도 그럴 것이 평소 김종민은 연락을 안 하기로 소문이 나 있단다. 어쩌다 연락을 하면 무슨 일이 있는 줄 알 정도라고. 딘딘은 이렇게 물어본다.

"가끔은 우리 생각이 나?"

생각이 나지만 어색할까 봐 연락을 못 하는 것뿐이라며 솔직하게 말한다. 여차저차해서 드디어 유재석에게 전화를 걸자, 수화기 너머로 들려오는 소리.

"종민아, 네가 웬일이야 전화를 다 하고."

관찰 예능은 결국 짜고 치는 고스톱이라 해도, 이 프로그램에서 김종민의 고민은 진짜라는 걸 시청자들이 느꼈을 것 같다. 김종민 같은 사람이 의외로 현실에 많기 때문이다. 대표적으로 나란 인간이 그렇다. 거의 먼저 연락하는 법이 없다. 내가 선톡, 선문자, 선발신(전화)을 했다면 그건 엄청난 결심 뒤에 일어난 이벤트다. 큰 용기이고 내일의 에너지까지 끌어다 쓰는 행위이다.

전화를 먼저 안 하는 사람은 본래 잘 받는 법도 없다. 내 휴대폰에는 그래서 늘 '부재중 전화'가 찍혀 있다. 일부러 안 받는 건 아니다. 전화는 일단 무음으로 되어 있는 데다 '연락 올 사람이 없다'라고 생각하며 하루를 살기 때문에 휴대폰 화면을 켜서 부재중 전화 목록을 확인하는 일은 매일 익숙한 루틴이 되었다. 대개는 전화로 강의 섭외가 오는데 못 받고 부재중에 찍히는 경우가 친구나 지인에게서 오는 수보다 훨씬 많다. 내가 블로그 등에 '강의 섭외 시에는 문자환영' 문구와 함께 '메일'로 보내 달라고 유도하는 글을 쓰는 이유는 강의 중일 때가 많아서이기도 하지만 피차가 편하기 때문이다.

막상 같이 지내 보면 편안해도, 그전까지는 내 이미지가 만만하진 않은 느낌이 강하단다. 알고 보면 친절한 인간인데 친해지기 전까지 시니컬한 기제를 버리기란 어렵다. 지인이나 옛 친구들조차 보험 영업이나 결혼식 알림(청첩장)이나 돌잔치 알림, 종교 전도도 이동영에겐 거의 안 한다. 베프라 해도 사정은 비슷하다. 내 쪽에서 먼저 다가가는 법이 적기 때문이다. 뭔가 늘 바쁠 것 같은 분위기가 있다.

사실 난 시간을 미리 알려 준다면 얼마든지 조정할 여지가 있는 프리랜서다. 그래서 반전이 있다. 먼저 다가오는 사람에게는 무척 살갑다. 나를 찾아 주었다는 고마움에 보답해야 한다는 기분이 강해서 그렇다. 내가 용기를 내어야 하는 만큼 나에게 연락하거나 찾아온 사람들의 용기도 존중하는 거다. 본래 그런 적극적인 성향인 사람이든 아니든 상관없다. 순수하게 인간적인 온도를 느낀다. 사람에게 큰 기대를 안 하는 내 성향상 실망은 적고 감동은 더 크게 받는다.

좋은 말이 생각이 안 나서 안부 문자 하나도 어색하다는 김종민에게 딘딘이 말한 걸 되짚어 본다.

왜 좋은 얘기를 하려고 해?
그냥 대화하면 되잖아!

나도 '그냥' 대화하고 싶다. 조금씩 사람 귀한 게 더 느껴진다. 사회성이 얼마나 중요한 덕목인지 말이다. 지금까지 내가 먼저 연락 못 하는 이들로부터 미리 받았던 따뜻한 인정들을 어떻게 다 갚아 나가야 할까?

연락하면 혹시 지금 바쁘진 않을까? 이 시간에 괜히 방해하는 거 아닐까? 배려라는 가면을 쓴 채 나 역시도 마음 깊숙한 곳에선 거절이 두려운 건지도 모르겠다. 여기 살아있음의 생존 신고와 거기 살아있음의 생존 확인의 다행함을 나누는 일이 왜 망설일 일인지. 이 사람이 내 연락을 달가워할까? 하는 쓸데없는 생각이 든다.

진짜 바쁘고 방해가 된다면 못 받겠지, 뭐. 이게 고민하고 상처받을 일인가. 너무 깊게 생각하지 좀 말자 하고 결론을 내렸지만, 연락 버튼을 누르는 건 쉽지 않다. 나도 참 소심하단 생각을 스스로 하다가도 자연스레 '평소에 잘하자'라는 그 평소가 바로 '지금'임을 반성하게 된다. 이 글을 쓰고 나서도 난 아마 먼저 연락하는 일이 익숙해질 때까지 한참이 걸릴 놈이다.

사람은 장면으로 기억된다는데, 내가 연락을 하면 받는 당신은 어떤 장면으로 날 떠올릴까. 무슨 말로 나에게 회신을 할까. 전화를 걸어 줄까. 기꺼이 시간을 내어 줄까. 내 번호를 지우진 않았을까? 혹시… 수신거··부(차단)?? 이런 저런 오만가지 생각을 하다가 결국 보내기 버튼, 통화 발신 버튼을 포기하고 애꿎은 전원 버튼만 누른다.

먼저 연락도 안 하면서 외로움은 외로움대로 타는 내 모습이, 이젠 웃기지도 않는다.

바
람

시간은 나는 게 아니라 내는 것이고
기운은 내는 게 아니라 나는 것이니까
어떤 것도 강요하지 않았으면 해

진정한 인연을
구분하는 방법

모든 글은 완벽한 결핍에서 나온다. 알맹이가 상처와 후회, 모자람으로 똘똘 뭉치면 껍데기로 두드러지는 거다. 진정한 인연을 구분할 줄 알았다면 나는 지금보다 좀 더 행복했을까? 하는 후회가 앞서는 지금, 앞으로는 더 나은 후회를 하기 위해 비교적 가벼운 마음으로 생각을 기록한다.

그는 나를 속이는 사람인가?

앞에서와는 다르게 나에 대해 뒤에서 다른 말을 하는 걸

감지했지만 일단 내가 믿고자 마음에 들인 사람이라면, 일대일의 기회를 만들어 진짜 나를 어떻게 생각하는 사람인가를 내 앞에서 확실히 짚고 넘어가는 게 좋겠다. 그중에는 뭔가 마음에 차지 않지만, 이해관계 속에서 나와의 친분을 위해 무척 노력하는 사람도 있을 것이다.

관계란 '베스트'를 지향할 수는 있지만 꼭 '베스트'가 아니어도 된다. 모두 나를 사랑해야 한다는 건 극단적 이기심이다. 사람은 다양한 유형이 있다는 걸 담담히 수용하자. 실상 별 감정이 없으면서도, 내 앞에서는 나를 기분 좋게 하는 사람이 비겁한 건 아니다. 매일 같은 공간에서 마주쳐야 하거나 비즈니스 관계로서 함께해야 하는 운명이라면 서로가 애를 써야 그만큼 일상 안에서 '함께할 만한 인연'이 맺어질 테니까. 단, 겉 다르고 속 다르며 앞 다르고 뒤 다른 사람은 명확하게 인연의 정도를 구분 짓는 게 좋겠다. 가스불이 희미한 것을 내 과민반응이라고 몰아가는(1938년 연극 〈가스등〉에서 유래) 것 같이, 날 바보로 만드는 사람에게 의지하도록 하는 이른바 가스라이팅은 최악이다.

그는 날 외롭게 하는 사람인가?

실컷 떠들다가 헤어지고 돌아오는 길이면 마음이 헛헛해지는 경험이 누구에게나 있다. 그 상대가 혹 '에너지 뱀파이어'일지 모른다. 은근히 지적질을 반복하거나 자기 자랑만 내내 늘어놓거나 장난인데 왜 자꾸 소심하고 예민하게 구냐고 무안을 준다면, 의심할 여지가 없다. 나를 털어놓고도 그에게 닿지 않았다는 느낌이 들고, 그가 내게 털어놓았음에도 그가 나에게 다다르지 않은 느낌은 안녕을 고한 뒤, 마치 우주에서 혼자 하염없이 먼 곳을 바라보는 듯한 헛헛함이다. 그건 진심이 아니었거나, 진심이 지나쳤거나, 진심을 빙자한(진심이면 다 된다는) 식의 상호적 태도에 원인이 있다. 인간적으로 좋은 상대가 날 외롭게 만든다면 더 다가가기 위한 노력은 하더라도, 우리가 더 나은 인연에 힘을 쏟기에도 평생이 모자란다는 사실을 간과하진 말자. 단, 나를 외롭게 하는 사람이 싫다면 나도 누군가를 외롭게 하고 있진 않은지 반성해 볼 것.

보고 있으면서 또 보고 싶은 사람인가?

진짜 맛집은 다 먹고 나서 찰나의 여운이 남아 문득 생각나는 음식점보다, 먹고 있으면서 동시에 '여기 또 와야겠다, 다른 메뉴도 먹어 보고 싶다.' 하는 맛집이다. 사람도 마찬가지다. 지금 함께 있으면서도 또 만나고 싶은 맛있는 사람, 맛있는 관계가 있다.

사람 냄새가 나는 사람
불안함을 주지 않는 사람
함께 있을 때 편안하지만 너무 의존적으로 만들지 않고 날 온전하게 대하는 사람
침묵의 여백이 편안한 사람
분위기를 금세 유쾌하게 만들어 주는 사람
이미지와 실체의 경계가 금세 사라지는 사람
말과 행동이 일치하는 사람

보고 있어도 또 보고 싶은 매력이 있는 사람이다. 이런 이들의 포인트는 '질리지 않음'과 '상상하고 싶음'에 있다. 왠지 새롭고 기대가 된다.

나는 그러한 사람인가?

마지막으로, 좋은 인연을 구분하려고 애쓰지 않아도 진정한 인연과 함께하길 바라며.

마음
무장해제

요즘 짧은 영상으로 SNS에 올라오는 〈개그콘서트〉나 〈코미디 빅리그〉 같은 프로그램 하이라이트를 다시 보곤 한다. 영상에선 일반 방청객들이 자주 노출되는데 이런 물음이 들었다. 평소라면 저렇게까지 크게 안 웃었을 법한 장면에서도 저만큼 웃음에 관대한 이유는 무엇일까?

준비, 웃을 준비가 되어 있기 때문이구나.

얼마든지 웃을 자세가 된 사람들이 한자리에 다 모였으니, 무대 위 연기자들이 액션을 시작하면 리액션은 절로 나온다. 눈치 볼 필요가 없으니 너도나도 무장해제가 된다. 음미하고 만끽한다. 없던 열정까지 생긴다. 합의된 분위기에 마음을 내려놓고 취하는 것이다.

인간관계도 이와 닮았다. 힘주어 설득할 일이 아니다. 상대 스스로 힘을 빼고, 상황 안에서 자연스러운 리액션을 무의식적으로 '준비'하게 만드는 것이 내가 궁극적으로 원하는 반응을 끌어내는 방법이다. 이처럼 좋은 감정에 빠지게 만드는 건 상대가 무장해제 할 태세를 갖추도록 하는 게 관건이다. 사람 좋아하는 이들은 왜 하나같이 그토록 술을 먹자는 건지 몰랐는데 술은 인간관계에서 암묵적으로 '준비하기'에 합의하는 유용한 아이템이었다. 이걸 내가 좀 일찍 알았더라면 인간관계가 조금은 수월했을까.

관계에서
실망 덜하는 법

사람이든 조직이든 무엇이든 나와 관계를 맺는 모든 것에
유의해야 할 점이 하나 있다.

'너무 기대하지 말 것'

뒤따라오는 실망을 피할 길이 없기 때문이다. 누구도 함부
로 원망해선 안 된다. 실망으로부터 비롯된 감정은 내가
만든 허구와 상상으로 빚어진 결과물일지 모르니까. 상대
가 나를 속였다고 생각했을지라도 이미 늦어 버렸다. 적당
한 기대치가 아니라, 자의적으로 훌쩍 넘겨짚은 뒤일 테니

말이다. 우린 되도록 '있는 그대로' 바라보는 연습을 해야 한다. 그걸 멈추는 순간, 허상으로 그 존재를 가둬 버리기 쉽다. 내 필요와 만족을 위해 진실을 가린 채 멋대로 뒤틀어 버리면 그 관계의 끝은 자명하다. 마지막이 성큼 가까이에 다가와 있을 것이다.

어째 시간이 갈수록 마음에 안 드는 거 투성이란 생각이 드는가? 처음엔 좋았는데, 점점 왜 그런 걸까? 합리적으로 의심해 보건대, 내가 완벽이란 환상을 막연히 꾸었는지도 모른다. 원래부터 그랬던 것인데, 내가 너무 이상적으로 상대를 정의해 두었는지 돌아보자. 시작 단계에는 많은 것이 가려진다. 조금 겪다 보면 규정한 이미지와 괴리를 느낀다. 현실이 보인다. 새학기 때 친구들은 다 천사였지만 졸업할 땐 선명해지지 않았나. 받아들이는 일이 어렵겠지만 선택지는 둘 중 하나로 좁혀진다. 포기하거나 받아들여서 계속 가거나.

바꿔 보겠다고? 바꾸려는 순간 내 평온했던 일상이 사라질 각오를 해야 한다. 많은 걸 잃을 각오가 아니라면 어설프게 내 힘으로 바꿔 보려는 무모한 선택은 피하는 편이 좋겠다. 좋은 점만 보려는 건 단점만 보일 때 최선의 방향이고, 평소엔 객관적으로 보는 것이 옳다. 있는 그대로 보는 노력, 그대로의 모습을 믿고 존중하는 태도가 필요하다. 모든 관계에서 그러하다.

어떻게 사람이 변하니?

넌 어떻게 사람이 안 변하니?

실망은 최소한의 믿음이 자아낸 결과다. 믿었던 나를 원망할 필요도 없고, 믿은 그것(상대)을 탓할 것도 없다. 내가 가진 정보나 감정이 앞서간 건 인간적인 바라봄 그 이상도 이하도 아니었다. 앞으로 얼마나 더 많은 관계가 남았는데, 겨우 이걸 가지고 실망하려 하는가. 나를 갉아먹을 시간에 내 관점을 달리하는 수밖에. 기대를 비우고 호구가 되지 않는 범위 내에서 베풀면 그만이다. 그럼 떨어질 사람은 알아서 떠나간다. 신의 필터링, 신의 도우심이다. 실망하지 말고 신께 감사하자. 딱 여기까지가 더 가까워지지 않아서 좋은 인연이었다고. 앞으로 더 좋은 사람에게 더 많은 시간을 들이면 된다고. 어차피 완벽한 인간이 없다면 있는 그대로 모습에서 나와 맞는 점 위주로 나누며 사는 게 최선이다. 좋고 나쁘고- 보다 기꺼이 맞출 것인가, 맞추지 않을 것인가를 염두에 둔다면 판단은 한결 나아질지도 모른다.

이해와
오해

누군가를 이해하는 일은
곧 그의 결핍을 이해하는 일이다

그에겐 불가피한 결핍을 안고서
재차 욕망하는 자아가 있다

그것으로 자신도 모르는 실수를 반복하기도 하고
오히려 동력으로 삼아 잘 살아가기도 한다

그러니 누군가를 오해하는 일이란

곧 내가 그의 결핍을

이해하지 못하는 게 아닐까

사람은
고쳐 쓰는 거라고 생각해

말 그대로다. 사람이 긍정적으로 얼마든지 바뀔 수 있다고 나는 생각한다. 필요한 건 '그는 사람인가'라는 정의에 부합하는지를 따져 보는 전제다. '사람으로서 자격' 상실이 마땅한 사람은 빨리 거르는 게 상책. 이런 생각을 들게 만든 부류가 살면서 한두 명 이상은 누구나 있었을 것이다.

일단 사람의 자격이란 무엇일까. 감히 내가 그걸 인류 사회학적으로 정의하겠다는 건 아니다. 당연히 그럴 능력도 못 된다. 넌지시 화두를 던져 보고, 이런 생각도 있다 정도로 이해하면 좋겠다. 사람이란, 사람과 사람 사이, 그러니까 인간(人間) 사회에서 지켜야 할 최소한의 것을 지킬 줄 아는 개념이 탑재된 것. 그것이 '사람'이라 말할 자격이라고 생각한다. 노력하면 상대할 만한 급이 어느 정도 맞춰지는 사람, 사람 대 사람으로 말이 통하는 상대, 한마디로 인간 이하가 아닌 사람 말이다. 신이 아니라면 완벽한 사람은 없다. 자기가 완벽하다고 떠든다면 그건 미쳤거나 사이비 중 하나일 것이다. 자신이 어떤 면에서 턱없이 부족하다는 걸 인정하고, 그 인정 후에 자신을 인지하고, 인지 후에 타인을 인식하고, 인식 후에 가치관을 정립해 나가는 것. 사람이 하는 개념 정립이다.

소통에 있어 선한 의도를 내포한 게 아니라면 잦은 침묵은 뻔뻔함에 가깝다. 금이 아니라 악이다. 문제는 의도가 없는 사람이 행하는 침묵이다. 이때 침묵은 멍청함이다. 멍청하다는 건 자신이 모른다는 사실을 모른 채로, 모른다는 사실을 알고 싶어 하지도 않으면서 묵수하는 상태를 말한다. 자기 정신세계로부터 세상을 재단하여 말이 통하지 않는 이상한 이가 있다. 인생이 돌아이와의 전쟁이라면 그는

100% 적군이다.

사람은 모를 수 있다. 모르는 게 아는 것보다 많다. 그러나 자신이 모르고 있을 가능성에 대해 자문하려는 노력 없이 혼자 결론을 내어 버리는 사람이 문제다. 흔히 이걸 '개념을 밥 말아 먹었다'라고 표현한다. 그냥 개념이 없었다고 인정하면 해결될 간단한 일을 자기 자존심에 못 이겨 말없이 떠나 버리는 사람도 더러 있다. 하루라도 빨리 필터링이 된, 우리 인연의 긍정은 딱 거기까지구나 하고 말면 그만이지만. 내가 기꺼이 베푼 것은 쏙 빼먹고 자기 자존심만 생각해 '먹튀' 하고 떠나 버리는 사람은 도대체 나이를 어디로 먹었는지 여전히 이해가 가질 않는다.

근데 뭐, 과거엔 누군가에게 나도 그런 사람이었을 수 있으니까. 업보라고 생각하며 넘긴다. 차라리 그런 사람은 '먹고 떨어진' 편이 멀리 내다봤을 때 다행인 경우가 더 많다. 자기 스스로 '아, 내가 개념이 없었구나' 하고 메타인지적 부끄러움, 미안함, 동시에 자신을 감당해 준 이들에 대한 감사함을 느끼고 표현한다면 '사람'이다. 기본 소양을 갖춘 사람. 오래 인연을 맺고 싶은 이는 자기를 성찰하는 태도가 질적으로 다르다. 혹 잘못이 있더라도 고쳐 쓸 수 있다. 완전히 망가지지 않았다고 보아도 좋다. 기계와 인간이 다른 점 중 하나가 '메타인지' 아닌가. 전문가들이 말하길 여전히 인공지능은 이 메타인지 능력이 인간보다 떨어진다. 인간이 AI 시대에 AI를 활용해 생산성을 극도로 끌어 올리며 살아가려면 이 메타인지는 필수다. 사람과 살아갈 때는 몰랐으나 기계와 살아갈 땐 극명해지는 사람다움, 인간다움의 요소가 메타인지에서 판가름 나기 때문이다.

수시로 하는 자기 비평, 자기 객관화, 빠른 자기 인정, 성장하려는 의지와 태도, 위기 상황대처와 정확한 문제파악 및 해결능력, 피드백을 원했을 시에 돌아온 피드백을 기꺼이 수용하는 자세, 결핍과 과잉의 정도를 가늠하는 자기 기준 등이 명확한 사람일수록 성숙하다. 사람이 바뀌는 데 조건이 붙는다는 소리다. 사람은 기계가 아니라서 죽었다가 깨나도 누가 고쳐 주지 못한다. 대신 고쳐 줄 방도가 없다. <u>스스로 고쳐야 한다.</u> <u>스스로 고쳐져야 한다.</u> 그래서 사람이다.

기계와 다른 인간적인 내적동기가 스스로 문제를 발견하고 고치는 결정적 기제이다. 타인의 자극과 동기부여가 아무리 강렬하더라도(교육) 그건 자신의 내적인 작용 없이는 메아리에 불과할 테니까. 자신을 정확히 바라볼 줄 아는 사람이라면 타인에게 무리한 요구나 오해의 여지를 흘리지 않는다. 어쩌다 실수는 하겠지만, 이것을 반복하거나 나를 공격한다고 생각해 자꾸만 인정에 앞서 변명과 합리화를 한다면 인간적이라고 하기엔 어렵다. 적어도 내가 상대하는 사람의 정의는 그러하다.

가끔 나이를 똥구멍으로 먹은 사람이 보인다. 반면 누가 봐도 멋지게 나이 든 어른도 보인다. 그 누가 전자가 되고 싶을까. 성장 마인드셋의 사고방식이 박힌 사람은 자신이 달라질 수 있다고 믿고 개선한다. 고쳐 쏠 사람은 '미안할 줄 알고, 감사할 줄 알면' 희망의 싹이 있다. 사람은 기계처럼 누가 고쳐 주는 게 아니라, 스스로 거듭나는 존재이다. 다시 말해 사람은 자기가 자기를 고쳐 써야 사람냄새 풍기며 산다는 말이다. 자신을 고친다는 건 성숙한 사람이 무릅쓴 용기의 산물이고, 그 결과는 오롯이 자기 삶의 눈부신 변화일 것이므로.

좋은 관계를 유지하는
세 가지 전제

하나. 이 사람은 내 마음을 모른다

둘. 나는 이 사람을 바꿀 수 없다

셋. 우리는 언제든 서로를 먼저 떠날 수 있다

상
실

초등학교 1학년 때였다.

교실에 들어가기가 끔찍이도 싫어 복도에서 한참을 쭈뼛
거리다가 난 그날도 역시 지각을 했다. 부모님의 호령 때
문에 반드시 '개근상'만은 타야 했던 나. 한숨 한 번 '휴' 내
뱉고서 무겁게 교실 뒷문을 열었다.

드르륵

운동장이 보여야 할 창문마다 새까만 커튼이 쳐져 있었다.

창밖 햇살이 안으로 거의 새어 들어오지 않은 음침한 교실 안 풍경이- 내 시야의 한 프레임 안에 다 들어왔다.

뭐지?

<u>흐흐흑…</u>
엉엉…어엉…엉

온통 울음바다였다. 영문도 모른 채 두리번거리던 나는 처음 겪는 이 분위기를 어떻게든 파악하려고 애썼지만 애석하게도 무리였다. 어렸고 어려웠고 어지러웠다. 거울처럼 똑같이 울고 있는 아이들을 지나 맨 앞자리까지 나는 까끌까끌한 책가방 끈을 손끝으로 매만지며 터덜터덜 걸어갔다. 자리에 앉기 직전이었다. 내 옆자리에 하얀 꽃 한 송이가 덩그러니 놓여 있었다.

담임선생님은 내 자리 바로 앞에 서서 내 책상에 당신의 안경을 놓고, 두 손바닥으로 그 가녀린 몸을 지탱했다. 가까이서 보니 긴 머리에 얼굴이 안 보이도록 고개를 푹 숙인 채로 눈물을 뚝뚝 떨구고 있었다.

왜 우세요?

동영아, 네 짝꿍 지은이(가명)가 하늘나라로 어제, 떠났단다.

선생님이 훌쩍이며 답했던 이 장면은 30년이 된 지금까지도 또렷하게 남아 있다.

다시 주위를 빙 둘러보았다. 모두가 흐느끼고 있었다. 짝꿍이 있던 바로 옆, 빈 책상과 의자를 바라보았다. 멍해져서 막 눈물이 쏟아지거나 슬프진 않았지만, 선생님과 아이들이 우니까 나도 왈칵 뜨거운 눈물방울이 맺혔다. 죽음이란 게 영 실감은 나지 않았다. 가까이 있던 이의 죽음을 경험하고 인지한 건 생전 처음 있는 일이었으니까. 점차 눈물로 번지는 내 앞에, 짝꿍이 자주 입었던 분홍색 드레스가 아른거렸다. 매일 몇 마디씩 나눴을 짝이었을 테니 물리적으로만 가까웠던 건 아니었다. 초등학교에 입학해서 가장 많이 이야기를 나눈 친구였을지도 모른다.

나중에 들어 보니 횡단보도를 건너다가 덤프트럭이 그만 작디작은 짝꿍을 못 보고 사고를 냈다고 했다. 적나라한 상황 묘사가 어린 내겐 적잖은 충격이었다. 이후로 몇 년 동안은 길을 걷다가 큰 트럭만 보면 분홍 드레스가 걸려 있을 것만 같은 말도 안 되는 착각에 발걸음을 멈추곤 했다. 고학년이 될 때까지도 그랬다. 조금씩 시간이 지나 겨우 정리된 내 감정은 하나였다.

상실감.

내 곁에 가까이 있던 사람이 아무 말도 없이 어느 날 갑자기 떠날 수 있다는 현실. 누구든지 내 곁에 영원히 머무르는 일 따윈 없다는 개념이 진리처럼 규정된 순간이었다. 너무 일찍 이별을 배운 탓일까. 불현듯 떠나간 존재가 내게 남긴, 누구도 탓할 수 없는 허탈한 상실감에 나는 툭하면 멍해졌다.

내 쪽이 더 많은 차지를 한, 연필로 몇 겹의 줄이 그어진, 하나의 책상을 하염없이 바라볼 뿐이었다. 그 선은 이젠 의미가 사라지고 없었다. 난 짝꿍 없는 1학년을 보내야 했고, 그 누구와도 친해지기 어려운 초중고 학창 시절을 보냈다.

'어차피 너도 말없이 떠날 거잖아.'

관계에 불신이 가득했다. 소중함이나 절실함 대신 허무함이나 배신감이 내 마음을 더 지배했다. 짝꿍의 사고 이후 새로운 관계를 맺는 건 나도 모르는 사이 늘 조심스러운 일이 되어 있었다. 그 일은 내 인생에 '사건'이었다.

대학생 시절, 미술치료 수업을 받은 적이 있다. '가장 인상에 남은 나의 첫 기억'을 주제로 내가 처음 그려 낸 건 '상실'이란 제목의 그림이었다. 까만 커튼이 쳐진 교실, 맨 앞자리엔 국화꽃 한 송이 놓여 있고, 반 아이들은 모두 울고 있으며 훌쩍이는 담임선생님과 멀뚱히 앞자리로 걸어가는 나. 각인된 그 교실 풍경을 그려 낸 것이다.

그걸 본 교수님은 내게 대학원에 가보지 않겠냐고 권했다. 미술치료 쪽으로 공부해 보면 어떻겠냐며 다른 학생들 앞에서 공개적으로 말했다. 난 그 뒤로 잠시 고민했지만, 수업시간마다 다른 학생들이 그림을 들고 울면서 말하는 것을 견디지 못했다. 내가 감당할 수 있는 분야가 아니라고 생각했다. 내 과거에 겪은 상실뿐만 아니라 타인의 상실까지도 온전히 공감해야 하는 순간을 반복하는 일. 용기 내어 감정을 꺼내도록 타인의 마음을 열었다가 잘 닫아 주어야 했다. 누구든 open은 시켜 줄 수 있지만, close는 전문가의 영역이었다. 처음 운을 떼어 말하도록 유도하는 건 얼마든지 하겠는데, 조건 없이 수용하다가 시간 안에 끝까지 잘 마무리할 자신이 영 없었다. 해볼 엄두조차 안 나는 분야였다.

가족을 잃은 상실감, 친구나 반려동물을 잃은 상실감, 직업이나 재산을 잃은 상실감 등 세상에는 너무 많은 상실의 기억이 결핍과 방어기제를 품고 살아가도록 한다는 데 새삼 놀랐다. 그러나 그 세상이 보이고 나서는 인간이 저마다 외로운 존재이며, 혼자선 살 수 없다는 걸 온몸으로 깨닫게 되었다.

사람아, 너의 꽃말은 외로움이다

내가 쓴 시의 제목이었던 이 문장은 내 머릿속에서 나온
게 아니라 가슴속에서 빚어졌다.

인간은 원래 외로워
그게 나쁜 건 아니야

인간은 원래 잊고 잃어버려
그게 나만의 일은 아니야

상실은 겪고 나면 그 감정에 끝이 없다. 더는 만날 수도, 만
질 수도 없다는 말이니까. 되찾을 수가 없다는 말이니까.
어쩌면 이미 끝나 버린 걸 계속 리플레이하고 있기에 끝
이 없는 것일 테다. 착각과 미련과 환상 속에서 홀로 매몰
된 상태는 내 인생을 상실하게 만든다는 걸 잊어선 안 되
겠다. 상실은 누구에게나 언제든지 일어난다는 걸. 그것이

배신도 아니고 내 탓도 아니라는 걸. 생각보다 흔한 일이고 결코 내 인생이 와르르 다 무너진 게 아니라는 걸 알아야 할 것이다.

북한에서는 우울증을 '슬픔증'이라고 한단다. 우울은 겨우(?) 슬픔 하나보다 훨씬 복잡한 감정인데, 왠지 더 단순화한 느낌의 규정이 난 오히려 좋았다. 우리 스스로 언어에 갇혀서 살았던 건 아닐까. 외로움이란 단어를 모를 때 외로움, 우울이란 단어를 모를 때 우울은 어땠을까. 이처럼 상실에서 오는 모든 감정을 어느 정도 세월이 흐른 뒤에는 단순화시켜도 좋겠다고 생각한다. 죄책감이나 자괴감 따윈 없어도 된다. 이기적인 게 아니라 독립적인 거다. 나쁜 게 아니라 정상으로 살아가기 위해서 말이다. 떠난 존재에게 미안함도 거두자. 한편에 남은 건강한 그리움 정도만 남기고서.

그러나 떠났을 때만 그리워하지 말아야지

나는 자주 말한다. 모든 관계는 '언제든 서로를 떠날 수 있음'을 전제해야 건강하게 지속할 수 있다고. 상실감은 이 전제를 인정하지 않고 이별을 맞았을 때 가슴에 심하게 맺히는 것이다. 상실감에 내 인생이 져버리게 놓아두진 말자.

난 이렇게 버텼다.

사람이 어려운
7가지 이유

나도 사람인데, 사람이 어려운 이유

0. 나도 나를 잘 모르는 사람인데, 타인을 어찌 헤아릴 수 있나. 먼저 자신에 관해 이해도가 높은 사람일수록 타인과의 관계도 수월하다. 자신에게 마이너스가 되는 인간들에 대한 신경은 일찌감치 끄고 살기 때문이다.

1. 인간 세계란 게 원래 그러하다. 애석하지만 현실이다. 같이 살고 싶다면 순응이 필수. 나는 그자가 아니고 그자도 내가 아니니까. 이렇게 부대끼며 사는 거다. 때론 적절

한 가면을 써야 할 때도 있다. 개선의 의지가 있는가, 스스로 물어 가면서.

2. 내가 이기적 인간이라 그렇다. 내가 옳다고 생각하는 부분이 많아서. 고지식한 거다.

3. 상대가 쉽지 않을 때도 있다. 나만 이상한 게 아니라, 상대나 집단의 분위기에 내가 몰리면 존재적 불안이 일어난다. 비교적 나와 잘 맞는 사람이 세상엔 이미 존재하기 때문에, 합리적으로 생각하고 넘겨도 좋다. 이 상대와 집단에서만 내가 이상한 거라면 꼭 나에게서만 문제의 원인을 찾지 말자. 내 고집을 꺾으며 순응하기 위해 노력하고 있는데도 곤란함이 반복된다면 아직 내가 약한 위치에 있어서 그런 것뿐이니까.

4. 눈치를 많이 보아서 그렇다. 주체성이 강한 나란 인간이 양보하고 들어가려니 계산할 일이 너무 많아져서 힘이 빠지는 경우다. 용기로 먼저 다가갔지만, 그 어색함에 짐짓 물러서는 상대를 보며 나조차도 움찔했을 때 수습이 잘 안

되는 경우가 있다. 오해가 오해를 낳는다. 이해를 바라는 순간 더 멀어진다. 둘 중 하나는 뒷걸음질 치기 때문이다. 시간이 걸려야 하는 건 어쩔 수 없다. 나 혼자 모든 걸 해결하려고 하지 말자.

5. 사람에게 마음을 열지 않아서 그렇다. 과거 사람으로부터 받은 상처의 내적 트라우마가 자꾸 경고를 내리는 거다. 사람 사이라는 건 어느 정도 상처를 각오하고 마음에 들여야 선을 넘어서 가까워질 수 있다. 우린 친하다는 표현을 이때 쓴다. 관계를 맺을 때 그어진 선은 하나만 있는 게 아니다. 친해질 때까지 넘어와도 되는 허락선(금기선)은 따로 있다. 호감이 드는 상대라면 보통은 그 선에 걸 연결고리를 찾을 것이다. '미움받을 용기'와 함께 '상처받을 용기'도 필요하다. 단, 3번의 '쉽지 않은 상대(집단)'라고 느꼈다면 마음을 철회해도 좋다.

6. 욕심 때문이다. 이젠 흔해 빠진 조언이 되었지만, 모든 사람에게 사랑받으려는 생각은 버리는 편이 낫다. 세상에 완벽한 인간은 없다. 기대치를 낮추자. 사람이 불편했던

과거의 어떤 경험, 인정받고자 하는 투쟁적 욕구가 뒤섞여 있는 그대로의 나와 지금 처한 상황을 직시하지 못하는 탓이다. 이상형은 이상형일 뿐이다.

7. 사람에 대한 전제, 그 정의를 다시 내릴 때가 온 건 아닐까. 지금 내가 살아온 정도라면 이제 외부만을 탓하는 건 인간적으로 영 섹시한 선택이 아니다. 사람을 재정의해 볼 시기다. 사람이란 무엇인가. 또 관계란 무엇인가. 내가 규정하는 것은 세상과 어떻게 다른가.

서로 잘 맞는 관계란
따로 있는 걸까?

문득 '서로 잘 맞는 사이'란 말을 따져 보게 되었다. 넓고 얕은 인맥보다 깊은 소수의 관계를 추구하는 나는 가까이 오래 두는 이들의 공통점을 살펴봤다. 나도 처음엔 그들이 나와 가까운 만큼 내게 하는 직설에 상처도 받고 혼자서 원망도 했었다. 그러다 정확하게 내 상황을 말해 주고 더 나은 방향을 깨닫게 하는 이들이 소중한 존재임을 깨달았다.

요즘은 온라인에서까지도 쉽게 친한 사이를 규정하지만, 나에게 친한 사이란 내 상황을 직시하게 만들어도 내 마음이 괜찮은 사람이다. '다 너를 위해서 하는 소리야'라는 부연설명이 필요 없는 사이. 내가 먼저 그렇게 느끼는 상대가 나에겐 '친한 사람'의 정의다. 어떻게 다른 주체를 가진 인간이 서로 잘 맞을 수가 있을까. 이건 평생 불가능하다는 결론을 내렸다. 대신, 잘 맞지 않는 지점에 오히려 관계를 좋게 만드는 열쇠가 있다고 생각했다.

잘 안 맞는 지점에 대하여 크게 문제 삼지 않을 정도로 무디거나, 무게를 두지 않는(대수롭지 않다고 생각하는) 상대와는 오래간다. 혹 갈등을 빚더라도 관계를 끊을 정도는 아니라서 서로에게만은 뒤끝 없이 풀릴 때가 있다. 그런 위기가 있을 때마다 어찌어찌 건너와서 잘 맞아 보이는 관계도 많다. 살아온 경험, 거쳐온 환경, 학습된 이성적 판단에 따른 선의 기준이 개인마다 다르다. 맞지 않는 부분이 '별게 아닌' 사람끼리 조금만 신경을 쓰면 '잘 맞는 관계'로 유지가 된다.

핵심은 시작이 아니라 유지다.

타이밍이 잘 맞아떨어져서 호감 있는 관계가 맺어졌고, 그 사이가 운 좋게 유지되는 것일 뿐일지도 모른다. 맞지 않는 부분을 별 게 아닌 거로 느끼는 사람이라도 타이밍이 자꾸 어긋난다면 결과는 달라진다. 좋았던 시작이 원망스러울 만큼 유지가 어려운 관계가 있지 않았었나. 빠르게 가까워진 만큼 빠르게 멀어진 관계도 있었을 테고.

또한, 서로 도움이 되는 걸 비의식적으로 느끼면 관계는 유지된다. 이 상대를 만나면 많이 웃는다거나 실컷 울 수 있다거나 마음껏 떠든다거나 욕을 해도 거리낌 없다거나 어렸을 적 내 상처와 결핍을 온전히 이해하는 기분이 든다거나 이미지 관리를 하지 않아도 되고 체면치레에 크게 신경 쓰지 않아도 되고, 갑자기 불러내더라도 찝찝하지 않고, 외롭다고 생각하지 않았는데 밑바닥의 외로움을 해소해 준다거나 하는 등 모두 '도움이 된다'라고 느끼도록 하는 것에 해당한다.

암만 세상의 순리가 자본주의라 해도 물질적인 것만이 도움이 아니라 정신적인 결핍과 과잉을 채워 주고 받아 주면 그것만 한 도움이 또 없다. 비즈니스 관계에서도 가능은 하지만 확률은 매우 희박하다. 그래서 더 소중하다. 이 도움이 된다고 느끼는 과정에서 서로가 희생과 배려, 감사의 마음까지 진실로 갖추고 있다면 '좋은 관계'로 오래 지속된다.

당신 주변을 둘러보라.

특별히 천생연분이란 건 없다. 웬만하면 착각이고 환상이다. 일정한 시기에 천생연분이란 말을 느낌으로 떠올리게는 하지만, 실체는 얼마 못 가 현실을 자각하게 한다. 그딴 건 처음부터 없었다고. 서로의 사랑이나 우정 따위의 마음이 변한 게 아니다. 믿고 싶었던 것만 보던 당신이 현실로 귀환한 거다. 부정하는 마음이 덜하고, 각자 주체적 선택에 속마음이 동하면 그것이 사랑 혹은 우정으로 맺어진다.

인간에겐 누구나 마찬가지로 어느 시점이 찾아온다.
더 '노력'하거나 확 '손절'해야만 하는 그 '때'가 말이다.

기꺼운 사이도 다시 이 위기의 지점을 통과해야 한다. 건

너가야 한다. 그렇게 필터링 된 관계만 내 곁에 남아 내 남은 생의 '인복'을 결정한다. 친화력이 좋지 않다고 해서, 사람에게 많이 속았다고 해서 너무 좌절할 일은 아니다. MBTI가 E가 아니라고 해서 속상해할 필요도 없다. 당신이 인맥이 적거나 친구가 적은 까닭은 당신의 선택이었으니까. 선택하지 못한 채 흐지부지 휘둘리는 관계만 쌓아둔 사람이 더 문제가 크다. 서로 잘 맞는 관계가 아닌데도 자기 시간과 에너지를 감내하며 감당하는 사람들 중엔 목적이 있는 사람도 많다. 이것 때문에 순수한 사람들이 괜한 오해를 받는다. 길게 역사를 두고 한결같은지만 보면 답은 나온다. 진심보다 한결같음이 더 좋은 기준이다.

인간관계에 답은 없다. 넓은 인맥이 인생의 전부도 아니다. 그런 맥락에서 나는 외우다시피 하는 나름의 개똥철학이 있다.
'감사하고, 미안해할 줄 알며, 상대에게 필요한 사람으로 남아 도움이 되고, 내 불편함을 감수하며 관계를 유지하는 것.' 이것이 가장 좋은 인간관계론이란 나만의 철칙이다.

각자 곁에 있는 사람에게 이럴 수만 있다면 손에 손잡고 벽을 넘어서 지구는 둥그니까 우리는 모두 하나가 되는 세상인 것을. 같은 사람도 누군가에겐 진저리나게 가혹하지만, 누군가에겐 고마운 사람이다. 미친 범죄자가 아닌 이상에야 나쁜 사람, 미운 사람 하나 없다. 맞지 않는 사람, 끝까지 맞추지 않거나 맞출 일 없는 사람이 있을 뿐이다. 지금 나를 감당해 주는 내 가까운 이들에게, 감사하고, 미안하다. 부디 내 도움이 필요하면 언제든지 말하길 바란다. 전화는 안 받을 수도 있으니 먼저 다정한 메시지로.

솔직함

내가 암만 그 상황에 솔직했다고 해도
상대를 배려하지 않은 '솔직함'이란
전부 무례인 거야

그래도
돼요

"그냥 미워하세요."

자꾸 어른거리는 그 사람 때문에
괴롭거나 속상해지면

미워해도 돼요
나를 위로한다는 건
내 감정에 솔직해지는 것

우선 나부터 사랑하고 보자구요

관계의
3가지 유형

1. 타고난 코드가 서로 맞는 관계

- 마음이 통하고 거슬리는 게 적다

2. 원래는 잘 안 맞지만 서로 맞춰 갈 여지가 있는 관계

- 말이 통하고 존중하는 마음으로 노력한다

3. 맞지도 않고, 영원히 맞출 생각도 없는 관계

- 서로 떠올리는 개념이 다르다

남편인 이상순이 참 좋은 사람 같아서 부럽단 누군가의 말

에 이효리는 이렇게 말했다.

좋은 사람 나쁜 사람이 어디 있나요?
맞는 사람 안 맞는 사람이 있는 거죠.

어떤 일이
일어났을 때

나를 지켜주는 사람이 있고

나를 지켜보는 사람이 있고

나를 지켜보다 명분 삼아서 떠나는 사람이 있다

나를 지켜주는 사람은 귀한 인연이고

나를 지켜보는 사람은 보통 인연이고

나를 지켜보다 뒤통수치는 사람과의 인연은

조금이라도 더 빨리 떨어질 수 있도록

신이 주신 기회이다

엄마의
명언

내가 어렸을 적 엄마는 말조심하라며

함부로 해선 안 되는 말 두 가지를 가르쳐 주셨다

하나는 '마지막'이라는 말

또 하나는 '절대'라는 말이었다

외로운
사람

말이 쓸데없이 길어지는 사람은 지금 외롭다는 거다. 외로움과 싸우고 있는 사람이다.
그런 사람을 발견하면 너무 말이 많다며 다그칠 게 아니라, 그의 노고를 인정해 주고 지금 잘하고 있다며 토닥여 주는 게 먼저다.

말이 길고 짧은 건 본질이 아니다. 그가 놓인 상황 속에서 홀로 투쟁하고 있는 감정이 말수를 줄이기도 하고 늘리기도 하니까. 그렇게 헤아려 준다면 상대는 내 편으로 남을 것이다.

어떤
실험

그런 실험이 있었대

여러 이성의 얼굴 사진을 보고서

마음에 끌리는 얼굴 하나를 선택하는 심리실험인데

참가자의 100%가

자신의 얼굴을 합성한 이성의 사진을 골랐다는 거야

자신은 자신을 그만큼 사랑한다는 방증인 셈이지

타인을 바라볼 때도 내면 깊숙한 곳엔 늘 자기가 있는 거래

근데 그거 알아?

자신에게 유독 비호감인 사람이 있으면

그것 역시도 그 타인 안에 자신이 외면하고 싶은

자아를 발견한 거란 사실

나 자신을 보다 명확히 알려는 노력은 이렇게나 중요해

그 기준에 따라

타인을 사랑할 수도 있고 미워할 수도 있으니

너와 내가
부지런히 사랑했음
좋겠다

인생을 낭비하는
현명한 방법

나 역시 긴 인생을 산 건 아니다. 겨우(?) 30대다. 가는 데 순서가 없다지만 확률상 오래 살 가능성이 어릴수록 높으니 20대엔 이렇게 산 덕분에 후회가 적었단 걸 말하는 젊은 꼰대의 글을 준비했다. 그런 이유에서 내가 산 인생, 흐르고 있는 지금, 앞으로 살아갈 인생의 남은 날은 모두 소중하다. '오늘은 내 남은 인생의 첫날'이란 말, '어제 죽은 이가 그토록 바라던 내일이 오늘'이라는 말. 나는 다 좋다고 생각한다. 내가 이 글에서 말하고자 하는 건 그런 인생을 '낭비'하자는 메시지다.

20대여, 사랑에 홀딱 미치자.

미친 '듯'이 사랑하는 게 아니라, 진짜 사랑에 '미치'라는 거다. 내가 미친 줄도 모르게 미치는 게 진짜 미치는 거다. 남들의 조언이 귀에 안 들어오고 나와 상대만이 이 세상이라고 생각하는 게 미친 사랑이다. 주변이 온통 밝게 빛나보이다가 일순간 다른 건 다 배경이 되고 그 사람 하나만 빛나 보이는 기적. 그렇게도 미웠던 사람들조차 우리의 시절 속에선 풍경이 되는 마법. 세상이란 무대 위에 유일하게 핀 조명을 받는 두 주인공이 되어 함께 인생을 낭비할 수 있음은 신의 축복이다.

나는 남중 남고를 졸업하고 19세에 자원해 군대를 일찍 다녀온 후 반수, 복학, 편입까지 했다. 그러고 나니 어느새 훌쩍 20대 후반이 된 것이다. 취업에 매진하고 아티스트병과 우울감에 잔뜩 시달리고 어느새 정신 차려 보니 서른 살. 그렇게 산 걸 후회하냐고? 아니. 그래도 연애는 틈틈이 하며 살았으니까. 그 사이에 내 연애사는 그리 화려하진 않더라도 유의미했다. 적어도 '사랑에 홀딱 미쳐 봤기' 때문이었다. 사랑에 미친다는 건 위험을 감수했다는 말이다. 그런 줄도 모르게 스며들었던 날들이 내게는 있었다.

한 사람이 내 인생의 전부인 줄 착각했고, 그 시절의 나는 온통 그 사람 곁에 있었다. 그러다 보니 글도 사진도 어느 날 몽땅 다 처분하여 20대 내 모습은 거의 기억에만 의존한다. 그땐 사랑하다 죽는대도 좋았고, 진짜 사랑하다 죽는 줄 알았다.

그건 사랑이었다.

그리고 그 마지막은 배신이었다. 하하. 감정에만 취한 게 아니라, 배반과 갈등으로 점철된 결말로 인해 비로소 한 편의 소설이 완성되고 말았다. 지금 생각해도 소설 같은 실화다. 그 소설의 끝을 다시 쓸 생각은 없다. 너무 완벽한 한 편의 막장 드라마였으니까. 연애할 때 사랑의 종류는 그리 많지 않지만 미친 사랑과 대적할 분류도 없다. 요즘 이런 '바보 같은' 미친 사랑을 하는 20대가 줄어들고 있다. 외로워서 죽을 것 같다 하는 농담조가 아니라 진짜 외롭다는 이유로 죽어 버리는 통계수치가 나온다. 나는 이를 세 가지 이유로 분석한다.

하나는 그런 기회와 여유조차 없는 부자유한 청년들의 애석한 현실이다. 고학력도 답이 없고, 대기업도 못 버틴다. 월 1000만 원 수익을 20대에 경제적 자유를 추구하는 기본 단위로 상정하는 사회적 분위기가 팽배하다. 파이프라인을 구축하지 못해 부를 쟁취하지 못한 현장 노동이 더는 숭고하지도 않고 멍청한 선택이라는 듯 떠든다. 돈으로 안되는 건 돈이 모자라기 때문이라는 가치관으로 살아가는 SNS 친구들의 화려하게 연출된 인증을 보며 비교하고 있는 자신의 한탄만 현실로 남는다. 열심히 달려온 만큼 초라해지니 외로울 수밖에. 그 외로움을 누구라도 만나서 연애로 해소할 생각은 못 하고, 방구석에 앉아 완벽해질 내모습을 상상하며 현재의 자존감을 깎아내리고 있으니 자유를 구속하는 건 구조적으로 문제 많은 사회 분위기인가, 자기 자신인가.

두 번째는 자칭 타칭 '연애 고수'들이 미디어에서 숱하게 떠들거나 연애의 정답이 있는 양, 마치 정석 같은 방법들을 노출하고 있어 그걸 본 이들이 좀처럼 무모한 사랑 판에 뛰어들지 않는다는 현실이다. 직접 부딪쳐서 사랑하려는 20대의 비율이 확 줄어들었다. 오히려 조건을 먼저 따지느라, 또 개인화되어 내 실리를 먼저 챙기느라 굳이 '바보 같은' 선택 따윈 하지 않는다. 연애는 원래 감정에 솔직할수록 자신의 바닥을 확인하기에 찌질한 법인데, 이 시대는 처음부터 완벽한 사랑을 꿈꾸게 한다. 한두 번쯤은 내 인생을 올인해 보는 무모한 짓이 사랑이라는 감정에 오롯이 취하는 일인데 말이다. 그게 그들이 즐기는 술이나 여행만큼이나 유의미한데도. 이런 욕망을 대리만족 해주는 소설과 웹툰, 영화와 드라마, 유튜브 콘텐츠는 점점 자극이 넘쳐난다.

마지막으로 표현을 직접 못 하는 시대적 경향을 꼽겠다. 이젠 기능적으로 스마트폰 앱이나 온라인에서 감정을 주고받는 데에 더 익숙해졌다. 특히 '직접 말로 한다'라고 할 때 중요한 비언어적 표현은 거의 배제하며 일상을 산다. 미묘한 눈빛과 표정을 살피고 목소리에 기울이거나 침묵을 살피고, 조심스럽게 구체적인 단어를 고르던 풍경이 꽤 사라졌다. 보이지 않는 것을 보여 주는 것이 사랑일진대, 무엇이 그렇게 두려운 걸까. 사랑한다는 감정은 담아 두는 데이터 정보에서 그칠 일이 아니라 표현하여 보여 주는 행위로서 명백히 언어로 확인해야 하는데 말이다. 기능적으로 대체하는 메신저 앱이나 인스타그램, 짧은 영상들이 직접적 언어의 교류로 사랑이란 감정을 확인하는 작업을 상당 부분 차단하는 실정이다. 게다가 한창 표현하며 성장할 시기에 마스크로 얼굴의 반을 가려 버리기도 했다. 이젠 거절당할 두려움을 감수하지 않는 시대로 빠르게 흘러가니 고백을 삼키는 외로운 20대는 점점 더 외로워진다.

홀딱 미쳐 버린 사랑을 아직 못 해봤다면 '사랑을 한 번도 경험해 보지 못한 것'과 다를 바 없다. 동의하지 않아도 좋다. 오랜 내 생각이다. 살면서 어떻게든 이 무모한 사랑에 대한 욕망은 어떤 방식으로든 대체되기 마련이다. 연애 대신 생산적으로 '덕질'을 하거나 전문영역으로 푹 빠져서 승화를 하면 뭐라도 남기에 다행인 해소법이지만, 비생산적인 쪽으로 가면 자칫 문제가 생기기 쉽다. 무난한 사랑을 한시도 쉬어 본 적 없다는 '연애고수'보다 한두 번의 사랑에도 내 모든 가치를 사랑에 올인한 '병맛 같은 찌질함'의 경험이 더 낫다는 거다.

매번 그러라는 건 아니다. 단 한 번이라도 제대로 미련 없이 사랑을 해보면 쓸데없는 내적 욕망이 한꺼번에 해소된다. 적어도 한참 있다 돌아보면 얕고 무난한 여러 번의 사랑보다 그때 그 한두 번의 깊고 진했던 사랑이 더 사랑다웠고 나다웠단 걸 깨닫게 될 테니까. 살아가면서 모든 충동은 이 일말의 '미련'이란 놈 때문에 엉뚱한 상황에서 발현되기 마련인데, 나는 이 바보 같은 미친 사랑이 많은 걸 해결해 주리라 주장하는 것이다.

사랑이라는 인생의 낭비는 이처럼 무모하다. 어떻게 해도 사랑을 했다면 후회는 절대적으로 따르게 된다. 사랑은 과연 미친 짓이 맞다. 자신을 잊어버리고 현실도 잊어버리는 오로지 그 시절만 가능한 현명한 미친 짓. 이걸 못 해본 당신이라면 인생을 지나치게 잘 살고 있는 건 아닌지.

20대엔 그저 잘 사는 것보다 현명하게 낭비해 보는 삶이 낫지 않을까 한다. 겨우 30대 후반이 꼰대처럼 말하는 것 같지만 상관없다. 나는 20대를 건너가는 여러분이 미쳐서 돌아버릴 것 같은 사랑을 한 번은 했으면 한다. 그 사람이, 그 사랑이 없으면 죽을 것 같은 감정에 청춘을 걸고 내던져 보길.

그러나 사랑하기를 사랑하라는 말은 아니다. 사랑하는 사람에게 사랑을 표현하고 온전한 사랑을 서로가 나눠 보라는 말이다. '많이'보다 '깊이'. 마음을 보여 준다고 그저 그런 호구가 되진 말고. 20대는 사랑 이외에 너무 많은 조건을 따질 시기가 아니다. 거절도 당해 보고 다시 용기도 내 보고 실패하면서 빛나는 시기다. 부디 20대만의 무모한 사랑의 기회를 날려 버리지 않았으면 한다. '으른'들이 곧잘 말하는 '좋을 때다'라는 말은 '이것저것 따지지 않고 미쳐 보고 들이 대고 고백에 차여 봐도 좋은 때'라는 걸 알았으면 좋겠다.

그렇게 반드시 20대를 잘 건너가서 훗날 그런 사랑이 다

무의미해질 때, 손과 발을 오그리며 떠올려 보기를.

'나 인생 참 현명하게 낭비했다'라고.

사랑할 때
알아야 하는 것들

얼마나 만났는가보다 중요한 것은
단 하루를 만나도 어떻게 만나고 있는가이다

샘나는 관계로 보이는 것보다 중요한 건
셈이 필요치 않은 관계로 만나는 것

경험이 많을수록 좋다고 하지만
적어도 깊은 경험이라면 더 좋은 것

말하지 않아도 다 아는 관계가 좋다고 하지만

숨김없이 말해도 감성이 통하는 관계가

더 좋은 것이다

날 사랑한다는
것은

날 사랑한다는 것은 그리 거창하지 않다. 그것은 나에게, 내 마음에, 더 집중하는 행동양식이다. 일상이란 작은 인생에서 우리는 어쩔 수 없이 자신을 둘러싼 환경을 반복한다. 벗어난다는 건 어려운 일이다. 나라는 주체는 개인으로 그치지 않고, 관계와 만남의 산물이기에 그러하다. 그럴수록 눈치 보게 만들고 내가 자꾸 위축되게 하는 일에 강단 있게 저항해야 한다. 날 사랑할 수 있음은 타인의 속박으로부터 멀어지는 결단이 증명하기 때문이다.

운명조차 비껴가는 사람이 있다. 여기에 오로지 필요한 건 사랑이다. 내가 남에게 상처받는 걸 반복적으로 내버려 둔다면 결코 사랑이 아니다. 나라도 나를 수시로 붙잡고 안아 주어야만 사랑이 완성된다. 동의하든 동의하지 않든 단호하게 말하겠다.

인생이란 사랑이 전부다. 나머지는 조각에 불과할 뿐.

깊이 새겨 보자. 인생의 첫 번째 과제는 나를 사랑하는 일이라는 것을, 그 진실을.

관계는
노력이다

좋아하는 걸 해주려는 노력은
함께하는 그 순간을 지켜주고

싫어하는 걸 하지 않으려는 노력은
함께하는 모든 시간을 지켜준다

당신이라면
'사랑'을 선택하시겠습니까?

2천 년간 살아온 여성 루이스, 그녀는 20년에 한 번씩 관계를 맺어 임신해야만 죽지 않고 스무 살의 모습으로 영생할 수가 있다. 그러나 자꾸만 괴물로 변해서 누군가를 죽여야 자신이 살고, 다시 인간의 모습이 되기 위해선 주사를 맞아 가며 버텨야 하는 운명이다.

영화 〈스프링〉 속 이야기.

단 한 가지, 그녀의 몸과 마음이 사랑을 느끼고 푹 빠진다면 주사 없이도 호르몬의 영향으로 한 남자와 결혼해 평범한 삶을 살 수 있다. 대신 사랑을 믿고 동시에 영생을 포기해야 하는 결단이 필요하다.

이탈리아 여행 중 루이스에게 첫눈에 반한 남자 에반은 그녀의 비밀을 알고서 말한다. 확신에 찬 말투로.

"난 사랑에 대해 느낄 수 있어. 당신 루이스를 진실로 사랑하고 있다고 느껴."

그러자 루이스는 에반에게 '팩폭'을 날린다.

"누군가를 원했다가, 마음이 사라진 적이 없었나요?"

루이스는 2천 년간 살아오면서 수많은 남자와 관계를 맺고 남자 유전자에 따라 모습과 신분을 바꿔 가며 살아왔지만, 단 한 번도 사랑을 느낀 적은 없었다고 말한다.

사랑해 본 적이 없다는 말이다.

영화를 보면서 난 30년 넘게 살아오면서 진정한 사랑을 느낀 적이 있었나 되돌아 보았다. 영화에 따르면 진정한 사랑이란, 영생을 포기해도 좋을 만큼 확신에 차 호르몬이 몸과 마음에 영향을 줄 정도의 사랑이겠다.

'사랑 없이 젊음 그대로' 무한한 삶
Vs. '사랑은 있으나 죽음이 예정된 유한한' 삶.

영화는 이 딜레마를 질문으로 던진다. 내 대답은 여기선 보류하겠다. 하지만 궁금하다. 당신의 선택은 어떠할지.

TV로
사랑을 배웠어요

오랜만에 고향 집에 내려가 TV를 봤다. 지금 사는 곳은 TV가 없기에, 마치 문명을 깨우친 원시인처럼 종일 TV를 봤다. 평소 유튜브는 알고리즘에 의해 추천되는 단시간 하이라이트 위주로 보았는데, 오랜만에 긴 호흡으로 보는 TV가 오히려 새로웠다. 누가 TV를 바보상자라 했는가. 방송 콘텐츠를 어떻게 보고 받아들이느냐에 따라 삶을 윤택하게 만드는 적절한 도구가 TV이다. 뭐든지 적당선을 넘어 지나칠 때, 인간은 바보가 될 뿐이다. 보는 사람이 선을 지키면 된다. 내가 선을 지키며 본 재방송 프로그램은 JTBC〈효리네 민박〉이었다.

방송에서는 이효리가 투숙객 부부에게 '부부요가'를 가르쳐 주는 장면이 나왔다. 이효리는 서로를 향해 마주 서라며 주문했고, 가만히 무표정으로 서로를 바라보라고 했다. 그러면서 말한다. 자신이 이걸 했을 때 '이상순이 생각보다 밝은 표정이 아니구나!'란 걸 깨달았다고.

'아, 밝은 표정은 이 사람이 나를 위해 하는 노력이구나!'라는 사실을 알게 됐다는 것이다. 참 와닿는 장면이었다. 표정의 노력이라니. 그래, 마음이 우러나 근육을 움직이는 일은 사실 개인의 삶에서 그리 쉬운 일이 아니다.

결혼한 부부가 해서는 안 될 말이 있다고 들은 적이 있다. 바로 격한 감정 아래 '헤어지자', '이혼하자' 등의 말이라한다. 부부상담 전문가는 농담으로라도 이것이 쌓이지 않게 해야 한다고 했다. 말이 남는다는 건 착각일지도 모른다. 사실은 말보다 태도가 남는다. 표정은 비언어적 표현이고, 말은 언어적 표현이다. 나는 예술을 하는 '작가'로서 '표현해 내는' 사명의 노동을 한다. 사랑하는 사람에게도 일에 있어서만큼은 숨기지 않는 편이다. 그러나 '표현하지 않는 것도 표현'인 사례가 있다.

션·정혜영 부부. 션은 내가 추구하는 이상적인 남편상이다. 늘 다정다감하고 얼굴엔 미소가 가득한 션, 단지 이미지가 아니라, 실제 정혜영 곁에서도 그런 모습을 유지하는 것으로 보인다. 그의 강연을 직접 눈앞에서 듣기도 했었고, 인터뷰를 통해 들어 보아도 꾸며 내는 것이 아님을 알 수 있다. 기념일까지 돈을 모아 아내의 이름으로 장학회를 만들어 기부하고, 장거리 마라톤을 뛰며 사람들과 함께 기부하는 그는 겉으론 전혀 힘든 내색을 보이지 않는다고 한다.

과거 SBS 〈힐링캠프(163회)〉에 션·정혜영 부부가 함께 출연했을 때, 인상 깊게 들은 인터뷰가 있었다. 언젠가 정혜영이 샤워실에서 혼자 지쳐 있는 남편의 뒷모습을 목격한 적이 있다고 고백하는 장면이었다. 샤워하러 들어가야 하는데 남편이 하도 안 나와서 샤워실 문을 열어 보니, 션이 너무 힘에 겨운 나머지 목욕탕 의자에 푹 주저앉아 뜨거운 샤워기 물을 하염없이 맞은 채로 있었다는 것이다. 션은 18시간 자전거를 타고 온 다음에도 강원도 양양까지 운전해서 아내와 여행을 다녀왔단다. 마라톤을 하고 온 날엔

아내가 아침부터 어디 다녀 왔냐고 물으면 '대회 갔다 왔어!' 하면서 지친 기색 하나 없이 들어오자마자 아이들과 놀아 주었다고 한다. 피곤하다며 눕는 법이 한 번도 없었단다. 그래서 아내 정혜영은 철인삼종경기도 '별거 아니구나' 하고 생각할 정도였는데, 항상 평온한 그의 모습만 보다가 푹 주저앉은 채 샤워기 물을 하염없이 맞는 뒷모습을 발견하곤 새삼스럽게 '우리 남편도 힘든 거였구나.' 하고 느꼈다고.

희생, 그것은 표현하지 않는 표현의 영역에서 고차원적인 사랑이었다. 아무나 이런 사랑을 해낼 수는 없으며, 이것은 사랑이 아니라고 믿는 차원에서 사는 부부들도 많다. 나는 이효리의 시선과 션의 시선에서 미래의 결혼생활을 다짐해 본다.

'표현'이라는 예술을, 사랑을 전제로 해내는 것. 그것은 절실함이라는 메타포가 함께 하는 작업이다. 그 어디에도 누구에게도 영원한 사랑은 없다. 영원한 사랑이 없기에 절실한 사랑이 여기, 지금, 나와 내 사람에게 존재할 뿐이다.

누구나 필요한 사람이
되고 싶어 한다

우린 누구나 그렇다. 자신을 완전히 놓아 버리기 전까지
는. 누군가에게 '필요한 사람'이고 싶어 한다. 좋은 사람인
것과는 결이 좀 다르다. 좋은 사람으로 남는 건 이미지이
지만, 필요한 사람으로 남는 건 존재감이다. 이미지로 남
는 건 살아있음을 느끼는 정도보다 레벨이 낮다. 살아있음
을 느끼는 건 살아있음에 다행함을 만끽하는 일이다. 누군
가 나에 대해 존재감을 느낀다는 말은 내 생이 쓸모 있다,
영향력 있다, 계속 살아도 좋다는 인정을 받은 것과 같을
테니까.

나란 존재를 도구화하고 나의 선의를 당연시하는 이보단, 감사를 느끼고 예의를 차리며 보답하려는 상대에게서 확신을 얻는다. 아, 내가 살아 있어도 좋은 인간이구나. 무의식으로라도 되뇐다. 계속 존재해도 좋다는 인정은 나 자신을 향한 사랑으로 귀결된다. 그제야 비로소 누군가를 사랑할 수도 있게 된다. 마침내 마음을 터놓을 수 있게 되기에 이른다.

열어 둔 마음에 드나드는 사람들이 다시 상처를 내어도 그간 인정받았던 존재감들로 새살이 돋을 때까진 버텨 낸다. 다시 마음의 문을 걸어 잠그지 않고 수시로 열어 휘이휘이 환기를 시킨다. 마음의 여유다. 사랑은 감정보다 의지가 중요하기에. 금방 타오르고 식는 건 큰 문제가 되지 않는다.

다시 살아갈 수 있다면, 다시 사랑할 수도 있다.
다시 사랑할 수 있다면, 다시 살아갈 수도 있다.

사랑이라고
느끼는 것

어떤 이는 문자의 길이가 사랑이라고 느끼는 반면,

어떤 이는 문자의 속도가 사랑이라고 느낀다

어떤 이는 자기 시간에 들어와 함께 있기만 해도 좋아하는
반면,

어떤 이는 독립적인 각자 시간의 존중을 더 선호한다

어떤 이는 수시로 속삭여주는 사랑과 인정의 밀어를 좋아
하지만

어떤 이는 온기를 전해주는 눈빛과 몸짓만으로도 충분하

다고 한다

어떤 이는 선물을 받으면 뛸 듯이 기뻐하지만
어떤 이는 날 위해 무언가를 행위하는 사람에게 더 큰 기
쁨을 느낀다

어떤 이는 싸운 뒤 한숨 자고 일어나면 뒤끝이 없지만
어떤 이는 곧바로 화해해야만이 직성이 풀린다

사랑을 지속하고 싶다면 나와 상대가 무엇을 사랑이라고
느끼는지
이해하는 것부터, 다시 시작해야 한다.

깊이 있는 사람이
되는 방법

처음이 중요한 이유는 고통의 기준이 되기 때문이다. 이제 그 시절을 통틀어 첫사랑이었다는 말을 굳이 하지 않는다. 어리석었으므로. 아팠으므로. 깨달았으므로. 규정될 수 없는 그 자체로 남겨 둘 생각이다. 사랑하면 아프다는 걸, 상처가 따른다는 걸 판타지 같은 노래 가사로 들을 때는 진정 알지 못했다. 분명 상처에도 온도라는 게 있다. 사는 동안 다시 그 온도를 느끼는 순간이 오면 낯설어서 데는 게 아니라, 익숙해서 더 크게 화상을 입고 마는 것. 자꾸만 두렵다. 사랑을 다시 시작한다는 일이. 그 이상의 사랑이 있을까? 있다면 더 큰 상처는 아닐까.

이런저런 생각을 하는데 우연히 배우 원빈이 수상소감을 하는 과거 영상(제48회 대종상 인기상 수상)을 보게 됐다. 알고리즘이 날 이끌었을 테지만, 어쩌다 여기까지 왔는지는 모른다. 그때 원빈은 짧고 굵게 자신의 다짐을 선언했다.

"이렇게 사랑받은 만큼 항상 고민하고 더 깊어 가는 배우가 되겠습니다."

얼마나 더 깊은 모습을 작품에 녹이려고 복귀작이 안 나오는지. 그만 차기작을 '깊이 고민' 하는 배우가 되어 버린 원빈의 수상소감 영상을 끄자마자 나는 그만 거울을 보고 말았다. 기피하고 싶었다. 열심히 살아야겠다는 생각이 번뜩 들었지만, 이내 '깊이 있다'는 말에 꽂혀 한참 사색에 빠졌다.

깊이 있는 사람이 되는 방법이 무엇일까?

어쩌면 단순하다. '그럼에도 불구하고' 사랑하는 것. 사랑의 대상이 바깥에 있든 안에 있든 상처를 무릅쓰고 사랑하는 것이다. 상처가 있는 나를 포용하고, 상처를 주어도 좋을 이를 허락하는 것, 사랑은 인생의 유일한 의미인지도 모르겠다. 고통을 겪고 고독을 지나온 이는 자연히 인생의 깊이를 내뿜는다. 어떤 사람에게서 빛이 나는 건 깊은 어둠을 지나온 까닭이다. 고로 누구의 방해에 앞서 가장 소중한 나와 내 인생을 사랑하는 실천방법, 즉 깊이 있는 사람으로 성장하는 방법에 대한 사색을 해보았다.

하나, 표현은 하되 말은 아끼자.

글, 사진, 미술, 음악 등등등 세상에는 내 생각이나 감정, 정신세계나 마음을 주체적으로 표현할 수 있는 다양한 매체가 있다. 예술적 행위를 하는 사람은 모든 걸 다 말로만 하는 사람보다 눈망울에 담긴 깊이부터 다르다. (물론 말도 예술의 경지로 하는 사람이 있다.)

누구에게나 타고난 감각이 하나씩 있다. 조금만 뾰족하게 다듬어도 남들보다 우월한 천부적인 어떤 면이 있다. 유전자나 환경을 잘 타고난 덕분인 사람도 있지만, 전혀 무관하게 독자적으로 감각을 발현하는 사람들이 많다. 그것을 깨우는 건 예민하게 촉수를 세우고 뭐든 내 것으로 만들어 재생산 해내는 자신의 몫이다. 시키는 대로만 하는 삶은 성과를 내어도 자기성찰이 본질에 닿지 못하고 그만 겉핥 기에 그치고 말 것이다. 이건 참, 알아도 당장 실행하기가 어렵지만, 불가능하다는 말과는 다르다. 지금부터라도 말을 아끼고 대체적인 표현방법을 익히고 발휘해 보자. 내가 어떤 표현을 예술의 경지까지 깊이 있게 끌어올릴 수 있을 지는 시도해 봐야 아니까.

둘, 책을 음미하자.

책을 읽다 보면 몰입의 순간, 감동이 밀려오거나 깨달음에 이르는 찰나가 있다. 느껴 본 사람이라면 안다. 한참 읽다 가 가슴에 폭 박히는 그 짜릿한 순간을. 그땐 영락없이 눈이 감기거나 책을 덮거나 하며 멍한 상태로 온전한 순간에 잠기게 될 것이다. 이런 현상은 실제 뇌에서 일어나는 쾌락 중추의 활성화 때문이다. 이 얼마나 건전하고 놀라운가. 내가 음미할 수 있는 책을 선택하자. 이것만 잘 활용해도 '행복한 독서'가 가능하다.

강한 자극을 이미지나 짧은 영상 등으로 반복 소비하면 내성이 생긴다. 자꾸만 더 센 자극을 찾는다. 흔히 '행복호르몬'이라고 부르는 도파민이나 세로토닌 같은 신경전달물질을 비정상적으로 분비하는 강한 자극의 내성은 의지를 통제하지 못하는 중독으로 이어진다. 짧은 영상을 자신도 모르는 사이 몇 시간씩 보고 후회하는 일이 벌어지는 이유다. 당연히 깊이 있는 삶과는 거리가 점점 멀어지기 마련이다. 그 대안 중 하나가 나는 천천히 읽고 깊이 사유하는 독서라고 생각한다. 느리게 읽으며 따라 쓰는 필사를 해보는 것도 좋은 시도이다.

우선 시간을 내어 서점이나 책방에 가보길 권한다. 특히 오감을 자극하는 요소가 책이 있는 공간엔 거의 다 갖춰져 있다. 서울 광화문 교보문고부터 군산 심리서점 쓰담까지. 어디라도 좋다. 직접 가서 읽어 보고 골라 보는 작업이 숏폼 영상에 취해 몇 시간을 보내는 것보다 생산적이다. 몸소 느껴 보면 하루가 다르다. 단, 책을 고르고 읽을 땐 누구의 눈치도 보지 말자. 오직 나만의 해시태그와 나만의 알고리즘으로 선택하자. 책의 향과 문장의 온도와 이야기의 흥미와 저자의 소울에 빠져 본다면 좋겠다. 혼자서 읽기가 어렵다면 독서모임도 좋은 방법이다.

셋, 나를 관찰하자.

나를 인식하는 것은 다른 이를 통해서 바라보는 방법과 나를 직면하는 방법이 있다. 감정이입도 해보고 논리적으로도 접근해 보자. 우선 사실 그대로 기록해 보고, 감정을 기록해 보면 내가 외면하고 있는 나를 비로소 알 수 있다. 내면의 자아를 발견하고 외면의 페르소나를 직면하게 된다면 불가피한 방황을 현저히 줄일 수 있을 것이다. 자존감은 높아질 것이고 매력은 더욱 두드러진다.

있는 그대로 내 부족함 충분함 지나침까지도 필터 없이 바라본다는 건 어려운 일이다. 거울 중에 광학 전공자들이 개발한 '무반전 거울'이라는 게 있다. 내가 보는 거울 속 내 모습은 남들이 보는 내 얼굴과 다르다. 사람은 나를 중심으로 두고 바라보기 때문에 좌우가 반전된다고 생각한다. 남의 시선을 의식하라는 게 아니다. 정확하게 어떻게 내가 비치는지도 알아야 스타일을 완성하는 데 도움이 된다. 내 세계에만 도취하면 그건 고립되기 쉬운 선택일지 모른다. 가끔은 남이 나를 어떻게 바라볼지, 상상의 영역이 아니라 객관화의 영역에서 나를 관찰해 볼 필요가 있다고 생각한다. 신경 쓰기의 기술이다. CCTV가 지금 내 방과 내 모습을 비춘다면? 하고 상상해 보자. 바꿔야 할 리스트가 나오고, 당장 몸을 움직여야 할 동기가 생기지 않는가?

흐르고 있는 시간, 나를 둘러싼 환경, 지금 내 모습. 이 세 가지를 동시에 제삼자의 눈(렌즈)으로 바라본다고 늘 가정하고 살면 어떨까. 긴장 속에 사니 몸이 남아나질 않을 것이다. 치열하게 살되 매순간을 이렇게 피곤하게 살진 말고 때로 나를 관찰해 보는 거다. 겉모습으로 보이는 건 속에 있는 결핍과 충족과 과잉으로부터 나온다, 속을 바꾼다는 건 깊숙이 내재한 문제를 개선한다는 말이다. 깊은 사람이 되고 싶다면 나를 관찰하고 속을 바꿔 나갈 생각으로 하루하루 채워가야 한다. 당장 모든 걸 완벽하게 바꾸는 건 말도 안 된다. 내려놓고서 하나씩 과감한 선택이 필요하다. 자신을 바꾸는 방법으로 어떤 풍수지리학자는 현관 신발장 정리부터 깔끔하게 하라고 말한다. 또 어떤 유명 동기부여 연설가는 이렇게 외친다.

"다 집어치우고, 일단 이불부터 개세요!"

태어난 이후
모든 날은 어버이날

부모님의 당부가 매번 비슷한 건

어휘의 한계가 아니라

한결같은 마음이기 때문일 거야

조언

언제든 떠날 수 있어야
소중히 머물 수 있는 거란다

삶도 사랑도 사람도
다 마찬가지란다

Love
is...

자신을 사랑하고 있으면 사랑이 나타나요
진짜 사랑은 결핍을 채우는 것이 아니라,
자기 행복을 나누는 거예요

이걸 끝까지 잊지 마세요

03

오늘 하루
잘 보내는 연습을
합니다

행
복

아무 날도 아닌데 꽃을 선물하거나

케이크를 함께 먹을 수 있는 사람이 있다면

그걸로 행복한 거야

실
패

지금의 실패는 내 인생에 생긴 빈틈이다
좌절하지 말고 감사하라

그 틈 사이로 빛이 들어올 것이니

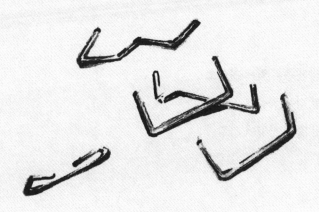

가까운
것

빠른 것은 추락에 가깝고

편한 것은 죽음에 가까우며

과한 것은 자멸에 가깝다

운명이 날
삼키지 못하도록

인생은 다음 두 가지로 성립한다.

하고 싶지만 할 수 없다.

할 수 있지만 하지 않는다.

- 괴테

언제든 할 수 있다고 생각하는 일은 대개 미뤄 두다가 늦게 시작하기 일쑤이다. 그런 일 중에서 생산성을 품은 일은 지금, 당장, 늦어도 오늘부터 실천해야 완전히 다른 인생을 만끽할 수 있다. 비생산적이고 부정적 결정이라면 내일로 미룰수록 좋다. 이것만이 지금처럼 살고 싶지 않은

이가 스스로 운명을 개척해 가는 방법이다. 비범한 사람은 바로 시작하고, 평범한 사람은 생각만 또 반복한다. 평범한 삶을 추구하는 건 좋지만, 그저 그런 무채색의 사람으로 사는 건 재미를 잃어버린 삶이 아닐까. 혹자는 말한다. 삶이란 본래 의미 따위가 없다고. 살아가며 각자 의미를 부여하기 나름이라고.

'재미를 잃지 않는 삶'을 지향하는 게 정답은 아닐지라도 한 번뿐인 삶을 생각한다면 괜찮은 화두다. 도전하는 삶은 아프고 힘들겠으나 그 끝은 손해가 아닐 테니까. 무엇보다 재미있다. 스릴 넘치는 불안과 두려움이 설렘으로 바뀌어 나를 성장케 한다. 모든 도전은 나를 위한 시도로 남고, 실패와 성공 이상의 것을 얻게 해준다.

내가 그때 용기 내 고백하거나 받지 않았다면?
그간의 버라이어티한 연애 경험은 없었을 것이다.

생애 첫 강연 제안이 왔을 때 용기를 내어 TEDx 강단에 서지 않았다면?

퇴사하고서 브런치(현 브런치스토리)에 글쓰기 클래스 수강
생 모집 글을 올리지 않았더라면? 지금의 내 강의 이력은
없었을 것이다.

용기 내어 글을 공유하지 않았더라면?
비전공자 비등단자인 내가 그때 철판을 깔고서 첫 책을 출
간하지 않았더라면?
지금의 이동영 작가는커녕 어쩌면 이 책도 없었을 것이다.

찰나의 용기, 눈 딱 감고 창피함을 무릅쓰며 확 뛰어드는
무모함, 먼저 들이대는 용기는 인생을 송두리째 바꿔 놓는
다. 반응이 다소 늦더라도 말이다. 용기로 찍어 둔 점들은
어디에선가는 반드시 선으로 이어져 입체적인 그림으로
완성된다. 운명을 주체적으로 이끈다. 귀한 배움으로 새겨
진다. 돈과 사람이라는 보상까지 얻는다.

누구로부터 인정받기 위함도 아니고, 억지로 타인에게 떠
밀려서도 아니었다. 항상 내 결정을 믿었고 지금까지 도전
해 온 나를 믿었다. 만약 정해진 운명이 있다면 날 그대로

삼켜 버리도록 내버려 두지 않고 정면으로 부딪쳐 왔다고 자신한다. 운명에 부딪'힌' 것이 아니라, 운명에게 부딪'친' 것이다. 나처럼 저지르고 수습하는 타입이 아니라, '더 완벽해지면 해야지' 하는, 성향 상 준비 기간이 긴 사람들이 많다. 일리 있는 삶의 방식이다. 간혹 더 좋은 결과도 있으니까. 근데 나는 이것이 글쓰기와 비슷하다고 줄곧 주장한다. 퇴고(고치고 다듬는 과정) 기간이 한없이 길다고 해서 '완벽한' 글이 나오는 게 아닌 것처럼, 적절히 포기할 줄도 알아야 한다고.

완성(끝마친다는 Finish의 의미로)을 위한 과감한 도전이 완벽(Perfect)함을 도모하느라 흘려보내는 세월 속 심중한 머뭇거림보다 나은 판단이라고 생각하기 때문이다. 완성을 위한 적절한 포기는 극단적 선택이 아니다. 합리적 선택이다. 끝까지 한다는 말에서 끝은 누가 정하는 걸까? 내가 정한다. 그것만이 내 세상이다.

소중한 내 세상이 멸망하지 않으려면 해내야 하는 또 하나의 도전 미션이 있다. 내 성장을 방해하는 무엇을 더는 하지 않는 것. 지금과 다른 삶을 살고 싶다면 '무엇을 하지 않을 것'에 시간을 투자해 고민해 보고 실천하는 방법이 있다. '하지 않을 것에 도전'해 보는 거다.

그러기 위해선 To do list뿐만 아니라,
To don't list도 작성해 볼 필요가 있다.

무엇을 할 것인가 하는 고민과 목표만큼이나 인생에서 주요하게 작용하는 일이 바로 무엇을 하지 않을 것인가 하는 것일 테니. 내가 스무 살 적에 군대에서 피우기 시작해 몸에 중독된 담배를 어떻게 끊었는지 돌아보면 답이 나온다. 그냥 '담배를 안 피우겠다'라고 다짐한 그날부터 이 글을 쓰는 지금까지 담배를 한 대도 안 피웠던 게 전부다. 금연 노하우가 너무 허무하다고? 그냥 내가 독한 인간이라 그런 거 아니냐고? 근데 별다른 수가 없다. 안 하겠다고 한 걸 글로 쓰고, 실천하면 이루어진다. 그뿐이다.

당연히 고통은 따른다. 참아야 하고, 견뎌야 하며 계속 버티는 일상이 이어진다. 하지 않겠다고 다짐한 후로부터 유혹은 더 강하게 나를 덮치려 한다. 그때부턴 어떻게든 멀어지기 위해 할 수 있는 부수적인 노력은 다했다. 술을 즐겨 마시는 편은 아니지만, 가끔 있는 술자리에서조차 술을 마시지 않으려 했다. 술을 마시면 충동적으로 담배가 생각나기 때문이었다. 나는 내가 얼마나 중독에 취약한 사람인지 잘 안다. 통제해야 하는 상황이 생기기 전에 아예 발을 들이지 않도록 절제한다. 최선책이다. 맛을 보지 않고 시각적 노출도 차단하는 것이, 중독에 취약한 내가 욕망을 조절하는 방법이다. 이땐 된장인지 아닌지 미리 알 수 있는 정확하고 풍성한 정보력이 동반되면 좋다. 나를 위해 아는 게 많아야 내 인생을 잘 운영하며 산다. 내 믿음이다.

세상을 살면서 갖가지 유혹을 겪지만, 그것에 넘어가지 않고도 얼마든지 풍요롭게 살아갈 수 있다. 어차피 중독의 이유인 쾌락의 원천이 뇌 신경전달물질 호르몬 분비가 전부라면 그걸 생산적인 습관으로 똑같이 분비되게 만들면 그만이다. 착각의 행복일망정 나쁜 중독에 빠져 인생을 망치는 편보단 낫다. 나는 날 충동적으로 만드는 모든 것을 '의식적으로' 차단했다. 술을 마셔도 담배를 피우지 않을 지경, 아니 경지까지 오르기 위해서 부단히 노력했다. 직장인 시절, 일명 '식후땡(식사 후 담배를 피우는 은어)' 습관을 버리기 위해서 식사 후엔 의식적으로 글을 반복해 썼다. 식사 후엔 글 쓰는 시간, 책 읽는 시간 등으로 담배에 중독된 습관을 새로운 습관으로 덮어 버렸다. 같은 시각에 담배를 피우던 회사 동료들과의 대화도 함께 차단되었지만 하나를 얻기 위해선 포기해야 하는 기회비용은 좋은 선택으로 남는다. 타인과의 관계보단 나에게 더 집중했던 결과였다.

잘 알다시피 인생은 본래 고통 덩어리다. 조금 불편하고 당장은 손해 같더라도 피곤하게 사는 게 그래서 정상이다. 이걸 네 글자로 줄이면 '자기관리'라고 한다.

이미 잘하고 있고 충분히 잘 살아 내고 있는 당신. 치열하게 살아가니까 그만큼 불편하고, 손해 보는 것만 같고, 늘 피곤한 거다. 못 견딜 것 같을 때, 못 버틸 것 같을 때, 못 참을 것 같을 때 견디고 버티고 참는 일이야말로 노력이 아니던가. 방향이 있는 노력은 보상이 뒤따른다. 조금 더딜 뿐 뭐든지 보상은 있다. 매일 기대와 실망이 교차하니 조급해지기 쉬운데, 마음을 비울수록 삶은 본질에 가까워진다. 흔한 위로의 말보단 현실을 말하고 싶다.

당신만 그런 게 아니라고.

똑바로 봐야 한다. 미성숙한 사람이 제일 서투른 것이 자기 객관화다. 자신과 자신이 속한 세상을 제대로 살피지 못하면 늘 착각 속에서 허우적댄다. 유시민 작가가 인용해서 알게 된 용어 중에 즉자적(卽自的), 대자적(對自的)이란 철학 개념이 있다. 독일의 철학자 헤겔이 사용한 말이라는데 나는 얕은 수준에서만 유시민 작가 버전을 참고하여 옮겨 본다.

자기 자신을 인지하는 정신작용인 메타인지 관점에서 '즉자적'이란 건 자기 자신에게 매몰되어 객관적이지 못한 걸 의미한다. 이는 인간이 동물과 구별되는 지점이 결여된 것이니 우리 인간은 평생 '나는 무엇인가'라는 철학적 명제를 품고 사는 게 아닐까. 주관적 욕망을 있는 그대로 표출

하는 건 야생에서 동물이 본능을 드러내는 행위에 가깝다. 반면에 '대자적'으로 인지한다는 건 내가 느끼는 감정과 생각, 행동 등을 마치 대상처럼 놓고 자신을 객관화하여 제삼자의 눈으로 입체적으로 보고 판단을 내리는 거다. 이 메타인지 관점에서 보는 대자적이란 개념을 나는 '직시(直視)'라고 줄이고 싶다. 남들의 평가나 인정에 일희일비하지 않는 태도부터가 '직시'의 출발이다. 그 시작점에서 나는 조금씩 조금씩 전진해 왔다.

오늘이 아니면 내일은 오지 않는다는 것도. 내일은 오늘이 쌓인 결과물이라는 것 역시도 유혹에 흔들림 없다는 불혹이 가까워지는 지금에서야 겨우 뼈저리게 느꼈다. 하고 싶지만 할 수 없는 것인지, 할 수 있는데 하지 않는 것인지 스스로 돌아보는 작업을 해볼 타이밍은 '지금'이다. 선택은 머물게 한다. 선택과 집중을 넘어 몰입하면 삶은 180도 바뀐다. 그런데 언제든 할 수 있다는 마음으로만 사는 건 몰입의 근처도 가기 힘들다. 여기서 언제든 할 수 있다는 마음은 희망이 아니라 허상에 불과하다. 다시 말하지만, 생산성을 품고 있는 일에만 한한다. 지금 시작하는 것 말곤

다 환상이다. 도전하자. 오늘을 쌓아서 내일을 완성해 가는 삶이라면 운명은 날 함부로 삼키지 못하리라.

'존버'는
'준비'다

2021년, 이외수 작가 트위터에는 '아직도 존버가 무슨 뜻
이냐고 물으시는 분들이 많군요. 어린이가 물으면, 어떤
어려움이 닥치더라도 존경받는 그날까지 버티자는 뜻이라
대답하고, 어른이 물으면, 어떤 어려움이 닥치더라도 존나
게 버티라는 뜻이라고 대답해 드리겠습니다.'라고 남겨져
있다.

'존버'는 존중하며 버틴다라고 방송에서는 말한다. 실은
'존나게 버텨라'가 맞다. 끝까지 힘내서 잘 버티라는 의미
로 오래전 故 이외수 작가가 만든 신조어다. 유래가 스타

크래프트 게임부터 시작됐다고 하지만 게임을 잘 모르는 나 같은 사람은 이외수 선생님 버전으로 알게 됐다. 어원이 비속어긴 해도 우리말의 표현상 말맛으로 저 이상을 대체할 어감이 없는 적확한 표현이라고 생각한다. 혜민 스님의 풀소유 논란 이전 『멈추면 비로소 보이는 것들』이란 책에서 언급되며 대중에게 널리 퍼진 말이기도 하다.

혜민 스님이 '힘들게 사는 젊은이들에게 한 말씀'을 부탁하자, '존버 정신을 잃지 않으면 된다'라고 이외수 선생님이 답했다는 대목이었다. 이어 혜민 왈, '대체 존버 정신이 무엇이냐'고 묻자 선생님은 재차 답한다.

"스님, 존버 정신은 존나게 버티는 정신입니다."

처음엔 '존버'의 참뜻을 몰랐는데 세월이 조금 쌓였다고 이제는 내 식대로 재정의를 하기에 이르렀다. 본연의 뜻을 함부로 바꿀 생각은 없다. 그저 이외수 작가의 글을 좋아한 독자로서 재해석 차원에서 깊은 뜻을 떠올려 본 것이다.

존버는 준비가 아닐까 하고.

단순히 고통스러운 작금의 상황, 이 어쩔 수 없는 현실을
아무 생각 없이 버티라는 취지에서 그친 말은 아니었으리
라 생각한다. 뭐든지 될 것만 같다가, 뭐라도 되고 싶다가,
뭘 해야 할지 모르겠다는 것이 지금 맞닥뜨린 현실이라면.
시간이 흐르고 흘러 결국 이 또한 지나간다는 건 진리이
다. 시간이 지나면 희미해질 것들이고, 오히려 나를 단단
하게 만든 재료들이다.

온몸으로 겪으면서 고통의 터널을 지나온 시간만큼 성장
한다. 아니 아프고 괴로운 만큼 그냥 성장하지 않는다. 그
아프고 괴로운 걸 감내한 만큼 성장한다. 모든 건 시간이
다 해결해 주는 것이 아니라, 지나온 시간만큼 자란 내가
매듭짓는 것이다. 개인도 조직도 마찬가지다. 기회는 또
올 테니 그때까지 새롭게 감당할 준비태세를 갖춰라. '존
버'의 속뜻은 이런 게 아니었을까. 환경을 탓하기보단 유
혹을 스스로 통제하며 조금씩 내 수준을 높여 성장하는 일
이 먼저라는 거다.

우린 성급해서 불안하고, 비교해서 불안하고, 막막해서 불안하고, 욕심이 커서 불안해한다. 느긋하게 자신에게 집중하고 현재에 최선을 다하며 욕심의 정도를 조절한다면 불안감은 어느 정도 진정되고 해소된다. 날 괴롭히는 불안감의 원천이 미래일 수도 있지만, 과거일 수도 있다. 보통은 현재를 부정하거나 너무 먼 미래로부터 저당 잡힌 삶을 산다. 또 과거에 얽매여 매몰돼 있을 때도 마음이 스스로 불안을 만들어 내기 쉽다. 그러다 보면 주변 사람들에 비한 자신의 처지를 자꾸 깎아내릴 때가 찾아오기 마련이다. 묵묵히 준비해야 하는 시기에 막연히 불안해만 하다 보면? 아무것도 하지 못하게 되는 걸 알면서도 떨치기가 쉽지만은 않다. 마치 시험 기간이 되면 공부보다 시험 결과에 대한 걱정에만 매몰되는 것처럼.

불안을 준비의 동력으로 삼으면 된다. 기회가 다시 온다고 믿는 만큼. 준비된 사람에겐 다시 찾아온 기회가, 스치는 흔한 무엇이 아닌 절호의 찬스로 보일 테다. 준비되어 있지 않은 상태에서는 세상 탓을 쉽게 한다. 주변 사람이나 성공한 것처럼 보이는 사람을 보면 생각한다. 저들과 내가 처음부터 불평등한 기회의 조건 때문에 지금도 다르고, 영원히 다를 거라고. 신을 원망하게 되고, 주변 사람들이 미워지고, 시기 질투하게 되고 갈등을 빚게 된다. 준비는 당장 인정받지 못하는 지루한 시간이기 때문이다. 어렸을 적 교회에서 율동하며 부르던 복음성가 노랫말이 떠오른다.

미움 다툼 시기 질투 버리고 우리 서로 사랑해.
제목은 〈아름다운 마음들이 모여서〉다.

외부에 탓을 돌리고 내 마음을 괴롭혀 불안해할 시간에, 감정은 덜어 내고, 가능하면 비워 내고, 그 자리에 '내가 무엇을 준비해야 할 것인가?', '어떻게 준비해야 할 것인가?', '어디서, 누구와 왜 준비해야 하는가?' '적기는 언제이며 어떻게 자연스럽게 일상에 녹아들게 할 것인가'의 질문과 함께 당장 몸을 움직여 경험을 채워 넣는 게 낫다. 나를 사랑하고 지키고 싶은 만큼 주변에, 세상에 도움이 되기 위해 준비하는 삶의 태도를 정립하는 질문들.

내 나름의 최선을 다하여 준비해 놓으면 기회가 찾아 왔을 때, 기회를 포착하는 눈이 뜨인다. 찾아온 기회는 세상에 공짜가 없다는 걸 아는 사람에게 선명하게 보인다. 어설프게 최선을 다한 사람에게는 후회할 명분으로 찾아올 것이고, 할 수 있는 모든 걸 다 쏟아부었을 땐 경력 쌓을 기회로 찾아올 것이다. 준비가 특정 기회를 위한 전략이 아니었대도 지금까지 겪어 온 모든 것의 보상이란 걸 알게 된다. 꾸준히 하다 보니 이런 기회가 결국에 내 것이 되는구나! 하고 말이다.

내 목적과 목표만은 흔들리지 않도록 하자. 지금 불안한 거? 당연한 거니까. 대신 결론이 날 때까진 어쨌든 시간이 좀 걸릴 테니, 감안하며 여유를 되찾아 보자. 부단해야 한다. 성급하다고 해결될 일이 아니다. 시간이 필요하다. 예상치 못한 행운이 찾아오면 어디에서 어떻게 긍정적으로 터질지 모른다. 성공이 목적이 아니라 성장이 목적인 사람은 성장도 하고 성공도 한다. 평소에 하는 준비부터 '성장 마인드셋'의 일환인 '예스'를 자주 외치며 기회의 복리를 쌓아 가보자. 우리 삶에 연습이 어디 있는가, 인생은 다 실전이지.

준비 = 평소에 잘하자.

비유해 보면, 타고난 것들은 전용도로를 타고 온 것과 비슷하다. 전용도로가 끝나면 뒤섞이게 되고, 속도도 그만큼 느려진다. 이걸 미리 알았던 사람들은 염두에 두고서 준비를 했을 거고, 마냥 달리는 게 편안했던 사람들은 끼리끼리 전용도로 위를 달리기만 했을 거다. 영원한 것은 없다. 혜택도 끝이 나고 재능도 바닥이 난다. 순수한 자기 노력과 관리 없이는 전용도로가 해제된 순간부터 불안한 길 위에서 방황을 반복해야 할 것이다.

어제까지 스스로 못나 보이는 삶을 살았다면 오늘부터 잘하면 된다. 평소는 오늘부터 만들어 가면 된다. 아무도 몰라줄 때, 보이지 않는 최선의 노력은 결국 지루한 시간을 거쳐 보이는 성과를 낸다고 믿으면서 준비로 버티는 거다. 걱정하고 있다면 잘하고 싶어서 노력하는 중인 거고. 당장 결과가 눈에 안 띄는 일일 뿐이다. 그게 준비다. 완벽한 준비는 없다. 지루할수록 당당하고 담담하게 외쳐 보자.
존버!

다른 결과를
내고 싶다면

다른 결과를 내고(Output) 싶다면 이전과는 다른 걸 집어 넣어야(Input) 한다. 일상에서 다른 걸 보고 다른 걸 듣고 다른 걸 만나고 다른 걸 행해야 한다. 그러기 위해 먼저 마음을 열어 두길 바란다. 용기가 필요하지만, 성장을 위해서는 이만한 게 없다.

생각이나 선택을 협소한 시야에서 머물러 전전긍긍하면 마음만 다치고 닫힌다. 적당히 마음을 열어 두면 환기가 되듯 생각이 순환되고 이내 여유가 생긴다. 내면이 건강해진다. 나만의 세계에만 갇히는 인생은 위험한 삶이다. 마음을 열어 두면 지켜 내는 힘, 면역력 같은 것이 덩달아 생긴다. 상처 줄지도 모를 남에게 감염되기 전, 예방하는 것과 같다. 내면이 쾌적해지면 좋은 사람이 날 지켜 주는 일도 생긴다. 내가 누군가를 지켜 줄 일도 덩달아 생긴다.

그것이, 사랑이다.

최선은 내가 해낼 수 있는 한계치를 말한다. 내가 돌아봐도 후회하지 않을 정도의 미련 없는 노력을 말한다. '똑같이 또 하라고 하면, 그렇게 노력 못 해'라고 할 정도의 그 목표에 미친 노력 말이다. 그 한계치까지 다다르고 나서 포기를 해야 후회가 덜하다. 그만큼 가본 사람이 그 이상도 갈 수 있다. 최선은 경험치를 쌓게 하고 포기는 마음을 비우게 해준다. 신기하게도 내려놓은 뒤부터 잘 풀리는 경우가 많다. 좀 더 멀리 보고, 새로운 인풋으로 아웃풋을 기대하는 삶. 그러한 성장의 과정 뒤에는 성숙이란 결과가 따른다.

오늘이 끝이 아니다. 지금 내 눈앞에 이벤트가 인생 전부를 결정하지 않는다. 나를 완성한 것도 아니고 완전히 망친 것 역시 아니다. '네 운명을 사랑하라'는(아모르 파티) 니체의 말은, 자기 운명을 사랑스럽게 '만들어 가라'는 의미였다. 내 인생을 사랑할 수 있도록 감정까지도 선택하고 조절하며 사는 게 최선이다. 지금 내 고민을 꼬리 물어 물어보면 무엇이 나오는가. 궁극적으로 내가 행복해지고 싶어서, 내가 달성하고픈 목표를 통하여 내 인생이 더욱 사랑스러워졌으면 하는 마음 아니겠나.

다른 결과를 내고 싶다면 다른 과정을 살아야 한다. 죽을지 말지를 고민할 게 아니라, 이렇게 살지 저렇게 살지를 고민하면 다른 과정으로 다른 결과를 만든다. 지금 뭔가에 막혀 있다고 해서 영영 막혀 있을 리 없다. 계속 두드리면 벽은 열리는 문이 된다. 열쇠가 마땅치 않으면 부수면 되고 아니면 조금 돌아가도 된다. 안 될 것은 없다.

다른 결과를 바란다면 다른 시도를 해보자.
최선을 다해.

우리가 혼자서
살아갈 수 없는 이유

우린 버티며 산다. 그렇기에, 상대적 우월감이 아닌 상대적 다행감으로 살아간다는 생각이 들었다. 어제보다 나은 오늘의 내 상황을 바라볼 때, 잘 알거나 모르는 타인에 비해서 운이 좋게 다행한 점이 있을 때-도 그렇다. 다행이라는 말은 '뜻밖의 행운'이란 사전적 정의가 있다. 우린 그래서 감사하며 살기도 해야 하지만 베풀며 살기도 해야 한다. 누군가의 부족함이 상대적으로 나를 살게 해주는 아이러니가 있기 때문이다. 나 역시도 누군가에겐 그런 만만함을 제공해 주는 존재일 것이다.

쉽고 직관적인 예를 들어, 내 키가 180이 넘을 정도로 크면, 그것이 매력이 되는 이유는 180보다 작은 사람들이 평균이기 때문에 그런 것이다. 내 얼굴에 난 많은 여드름을 보고, 누군가는 피부 트러블 없이 타고난 자신을 다행하다고 느끼며 살아간다. 그때의 안도감. 그게 인간에게 작용하는 마음이다. 꼭 의식적인 게 아니라도 은연중에 우린 이런 상대적 다행감에 영향을 받는다. 반려동물과 함께 살때도 같은 동물인 인간이 느끼는 상대성이 작용한다. 더 최선으로 그들을 사랑해야 하는 이유다.

이것이 도덕 윤리적인 문제로 바뀌는 순간이 있다. 개념 자체가 상대적 박탈감·열등감에 자신을 비관하거나 타인을 저주하는 쪽으로 쏠릴 때, 혹은 상대적 우월감에 상대를 비하하고 폭력을 행사하며 계급으로 존재를 바라볼 때일 것이다. 성숙하지 못한 관점이다.
'나는 혼자서 살아갈 수 있어.' 하며 착각하지만 우린 결코 상대적 다행감 없이는 생을 버티지 못한다. 고마움을 모르고 미안한 줄을 모르면 그건 인간도 아니다. 내 기쁨을 친구나 가족이 나보다 더 기뻐해 줄 때, 슬픔을 더 슬퍼해 줄

때 안도감이 드는 이유도 상대적 다행감을 느끼는 기제와
다 비슷하다. 특히 슬픔은 극복하는 것보단 슬프기 전 상
태로 회복하는 거고, 이겨내는 게 아니라 지나오는 거고,
더 깊게는 건너오는 것이기 때문이다.

우산을 함께 쓰는 평화로운 사이보다 비를 함께 맞으며 달
려 본 사이가 더 오래 남는다.

그럼 성숙한 인간은 무엇이 다를까. 남과 비교하기보다는
내 과거와 비교하며 살아가는 성숙함을 보이는 사람이 있
다. 성인군자만 그런 게 아니다. 누구나 지향하며 살아볼
만한 가치관이다. 상대적 다행감을 내적으로 활용하면서
비교는 자신의 어제와 하고, 남에게는 하나라도 더 베푸는
삶. 타인이라는 세상에 도움이 되기 위해 노력하는 삶.

남은 생은 이렇게 살아야겠다.

일인자의
인사이트

다들 나를 직접 만나면 비슷한 말을 한다.

"요즘 바빠 보이던데요?"
"글 올리는 거 보니까 여기저기 활약이 대단하던데?"

나는 이에 멋쩍어하며 답한다.

"에이, 그 정도는 아니에요. SNS에 올리는 글이 다 그렇죠.
뭐."

만약 진짜 바빴다면 그 정도로 SNS에 글 올릴 시간도 없었을 테니까. 근데 조금씩 더 바빠지는 중인 건 맞다. 늦공부 바람이 불어 교육대학원(석사과정)을 들어간 덕에 저녁 6시 이후로는 평일까지 팔자에도 없던 공부를 하게 됐다. 낮에는 강의하고 밤에는 수강을 하는 삶. 에세이 글을 쓰면서도 논문 읽는 일상을 살게 된 것이다. 아무래도 석사 졸업을 향해 가야 하니 1학기보단 2학기가, 2학기보단 3학기가 더 만만치 않다(총 5학기 과정이다). 갈수록 졸업을 위한 수위는 높아진다는 말이다. 논문을 통과하지 못했다는 선배들의 현실을 보고 5학기에 닥칠 내 미래가 되지 않기 위해서 정신을 바짝 차려야 할 때가 지금이렸다.

현실에서 직업과 학업을 병행한다는 건 말처럼 쉬운 일이 아니다. 함께 입학한 대학원 동기만 해도 그렇다. 결혼한 동기들은 맞벌이로 회사까지 다니면서 퇴근 후에 시간을 쪼개어 장거리 교육대학원까지, 일주일에 최소 4과목 이상 수강을 위해 출석한다. 예를 들어 요일로 따지면 월, 화, 목 이런 식으로 과목이 배정된 경우 선택의 여지란 없다. 비대면 수업이 아니라면 출장이 있든 가족모임이 있든 일주일에 세 번은 학교에 와야 결석을 면한다. 외부에서 본다면 소위 '열심히 사는' 분들이고, 내부에서 본다면 '잘 살기 위해 열심을 내는' 이들이다. 나도 그들에게, 그들도 나에게 서로 자극을 주고받으며 으쌰으쌰 전진하고 있다. 오늘보다 내일 더 성장하겠다는 목표는 모두 같으니까.

사실 입학 후 첫 1학기를 마치고 방학을 하자마자 내 멘탈이 흔들렸다. 그만둬야 하나. 누워서도 앉아서도 자면서도 걸으면서도 생각했다. 이 때문에 두통과 소화불량을 일주일 넘게 달고 살았다. 그러다 『일의 격』이란 책을 우연히 읽었는데, 그 책이 인용한 두 권의 책 속 좋은 글귀를 발견했다. 내 책에까지 쓰니 책 속의 책 속의 책 속의 문장이 되었지만. 내가 계속해야 하는 동기를 심어 주며 생각을 전환해 준, 주요한 인생 문장들이니 소개한다.

먼저 『아주 작은 습관의 힘』이라는 책에는 이런 대목이 나온다.

'최고의 선수와 보통 사람은 어떤 차이가 있습니까?'

저자가 유명 코치에게 물은 것이다. 코치의 대답은 행운, 재능, 유전 따위 등의 예상범위를 벗어났다.

"지루함을 견디는 게 관건이죠. 매일같이 리프트 동작을 하고 또 하는 거요."

이어서 책 『신경 끄기의 기술』에 나오는 문장도 임팩트가 있다.

"목표는 멋지지만, 목표로 가는 길에는 똥 덩어리가 가득하다."

난 이 문장에 오묘한 위로를 받았다. 시선이 한참 머물렀다. 더 좋은 문장은 다음에 있었다.

"…지루한 길이다. 성공을 결정하는 질문은 '나는 무엇을 하고 싶은가?'가 아니라, '그 과정에서 오는 고통을 견딜 수 있는가?'이다."

이 글을 쓰는 시점이 대학원 2학기에 올라가기 직전 방학인데, 휴학을 한다거나 그만두겠다는 생각을 다 거뒀다. 코로나 19 사태 이후 느슨해진 내 출강 일정에 공부에 집중하라는 부모님의 지원사격도 한몫했다. 그전에 내 멘탈을 꽉 붙잡은 결정적 계기가 이 책 속의 문장들이었다. 목표로 가는 똥 덩어리 가득한 길에 내가 겪을 예정인 숱한 고통을 '지루함' 속에서 견뎌 내는 것.

그래, 바로 이거다.

지금 내게 대학원생으로서 목표는 한 번에 무사 졸업이었다. 내 상황에 대입해 보니 순식간에 시야가 달라지는 기분이 들었다. 계속한다는 건 지루한 상황과 게을러질 나자신에게 결코 지지 않겠다는 말이니까. 요즘은 '꺾이지 않겠다'라고 말하지 아마. 박명수 옹께선 중요한 건 꺾이지 않는 마음이 아니라, 꺾였대도 계속하는 마음이라는데. 아무튼.

역도 금메달리스트 장미란 선수는 인생과 역도의 닮은 점이 무어냐는 질문에 '무게를 견디는 것'이라 비유했다. 사람은 일정한 무게감을 가지고 산다. 승리하는 자는 누구인가. 그걸 이고서 끊임없이 움직이는 사람이다. 거창하게 인생까진 모르겠고, 내 앞에 당장 펼쳐질 일상은 조금 알 것 같다. 학술적인 공부 머리로 살아오지 않은 나 같은 인간에겐 졸업 못 한 선배의 모습만 봐도 체기가 쌓여 점심이 소화가 안 되는데. 복에 겨워 보이는 프리랜서 작가와 강사에 K대 야간대학원 코스이지만 고통과 지루함은 몸이 먼저 반응해 마구 소리친다.

반복될 일상의 고통과 지루함이라는 무게를 견디기 위해 나는 꺾이든 꺾이지 않든 계속해 보기로 했다. 우선 대학원에서 들을 수 있는 학기 최소 학점에 맞춰 신청해 두고 주업의 시간적 여유를 마련했다. 이 와중에 유튜브도 몇 회 차 시나리오 기획과 대본을 다 짜놓았고, 최근에 들어오는 강의 섭외는 웬만하면 거절하지 않고 거의 다 응하고 있다. 이건 약과다. 제안이 먼저 들어온 업무미팅이 아니라면 일대일로 사람 만나는 일을 굳이 즐기지 않는 편인 'MBTI 극 I' 성향인 천하의 이동영이가, 얼마 전부턴 기회닿는 대로 사람을 만나러 다니기 시작했다. 사람이 갑자기 바뀌면 신상에 무슨 문제가 있는지 의심을 해보란 말이 있는데. 일신상의 큰 문제는 없으니 거둬도 좋다.

그럼 왜 이렇게 사느냐고?

'현타', 이른바 '현실 자각 타임'이 찾아 왔기 때문이다. 이 '현타'의 계기는 유재석으로 통한다. 맞다. 그 메뚜기 이미지로 오랫동안 사랑받는 유재석 MC 말이다. 유느님이라는 별칭이 전국민적으로 통용되지만, 종교계에서 굳이 반발하지 않는 인물, 십수 년째 해마다 연예 대상을 석권하는 국민 MC 유재석은 얼마 전 유튜브 방송(채널명: 뜬뜬 / 프로그램명: 핑계고)에 나와 이렇게 말했다.

"10시에 자요. 딱."

그러면서 어느 날부터 18시 이후로는 먹지도 않고 저녁엔 평균 10시쯤 꼭 잠들어서 7~8시간 숙면 취하기를 반복해 꾸준히 관리해 오고 있다는 거다. 아침에 일어나 신문 두

개를 보는 일상은 이제 루틴이 되었다고 자신 있게 말한다.

배신감이 살짝 들었다. 나랑 개인적으로 친분이 있는 사이도 아닌데. 평소 유재석 MC는 가장 좋아하는 음식이 분명 '라면'이라 했다. 그냥 좋아하는 정도가 아니라, 인생이 끝나기 전 마지막으로 먹고 싶은 음식이 무어냐는 질문에 주저 없이 '맛있게 끓인 라면 한 그릇을 비운 후 떠나고 싶다.' 할 정도로 라면 애호가인 그였단 말이다. 라면은 아침 점심때 먹어도 맛있지만, 18시 이후에 먹어야 제맛인 음식인데. 유재석은 자기관리를 위해 이 모든 걸 꾹 참으며 산다고 말한다. 하고 싶은 일을 계속하려면 좋아해도 포기할 건 포기해야 한다면서.

과거 MBC 〈무한도전〉이라는 프로그램에서 그가 했던 말과도 이어진다. 담배를 끊은 지는 꽤 되었는데, 자신이 선호하는 야외 버라이어티 예능을 계속하기 위해서는 체력 등을 생각해 과감히 선택한 포기였다고. 이걸 '독하다'라는 표현으로 '퉁' 치기엔 약한 감이 들어 전문가의 평을 하나 인용해 보려 한다. 범죄 심리학자 박지선 교수는 유재석을 두고 tvN 〈유퀴즈〉에 나와 이런 분석을 했다.

"더 오를 곳은 없고 내려올 길만 있는 최고의 자리에서 10년이 넘도록 그대로 있는 유재석 씨를 보고 사람들은 '유지'하고 있다고 생각할 거예요. 사실 그게 가능하게 하려면 그전 해보다 200%, 300%를 더 내야 하거든요."

유재석은 이 말을 듣고서 '나의 보이지 않는 노력을 알아주는구나!' 하는 표정을 감탄 속에 숨기지 않았다. 제자리걸음이 아니라 애쓰고 있다는 거다. 흔한 노력이 아니라 거듭 수 배의 노력을 하고 있다는 말이다. 바로 이 지점에서 나는 현실 자각 타임이 발동했다. 등골이 오싹할 정도로 내 모습이 창피해지고 라이브 CCTV로 내가 나를 바라보는 듯한 화면이 가상으로 켜졌다. 최고의 자리에 있는 유재석도 좋아하는 것들을 포기하고 절제하면서 자기관리를 이 정도나 하는데, 내가 뭐라고 밤마다 야식을 먹고 새벽에 잠들어서 아침 10시에 일어나기를 반복하는가.

제정신이야?

아무리 즉흥형 인간이고 동기만 생기면 추진력이 있다 한

들, 최소한의 계획된 사고로 살지 않으면 곤란하다. 유지는커녕 발전, 성장도 쉽지 않은 내 모습이, 있는 그대로 메타인지 관점에서 보였다. 내가 외면하던 내 모습이 드러나 버린 것이다. 유재석이 아닌 이상 그의 실체를 더 깊게 알 길 없는 상상의 영역이겠지만, 적어도 말을 많이 노출하는 그가 겉으로 우리에게 보이는 건 자기 내적인 충만함에서 비롯되는 느낌이 있다. 얼마나 자기 자신과 대화를 할지, 얼마나 자기 자신과 싸워 이겨 낼지, 얼마나 많은 외부의 유혹을 뿌리치고 정상의 자리를 유지하고 있을지 가늠할 수 없는 최선은, 지금 우리가 보는 그의 모습일 것이니 말이다.

그는 고백했다. 언제든 자신은 TV에서 사라질 수 있다는 각오로 산다고. 오랜 시간 시청자에게 익숙하다는 건 유명 연예인이 곧 대중에게 식상한 이미지로 각인될 수 있는 위험요인이다. 프로그램 선택부터 주변 관계와 인간적 선행까지 자기 삶의 긴장을 늦추지 않고 살아가기에 그가 가진 어떤 흠도 대수로 두드러지지 않는다. 유재석이 종교도 아니고 정답의 본보기라 하기도 어렵지만, 그는 적어도 반복되는 지루함을 견디고, 정상의 자리에서 그 무게를 견디고 있음엔 분명하다. 복잡하지는 않지만, 복합적으로 생각하며 실천하는 사람. 자기 분야에서만큼은 최선을 다해 부끄럽지 않게 사는 사람. 롱런을 하고 싶다면 적어도 자기관리만큼은 어떤 분야에서든지 벤치마킹할 만한 인물이라 생각한다.

'유재석 의사결정 방법'이라고 유명해진 말이 있다. 그는 최악의 상황을 염두에 두고 그걸 그 시나리오를 돌려 본 후에 내가 감당할 수 있나? 하고 결정한다고 말했다. 치열한 연예계에서 오래 성공 가도를 달리는 그의 말은 시청자들에게 영감을 주었다. 나는 그동안 어떻게 의사결정을 해왔나 돌아보았다. 유재석의 방법과 비슷한 듯 약간 다르다. 난 두 가지 버전의 '만약에'를 구체적으로 상정한다.

만약에1. 이 선택으로 성공했을 미래의 내가
       지금 내게 해주고픈 말은 무엇일까?
만약에2. 이 선택으로 실패했을 미래의 내가
       지금 내게 해주고픈 말은 무엇일까?

이렇게 미래를 그리며 동시에 현재의 나를 객관화하면 구체적 계획까진 아니라더라도 내가 감당하고 버틸 여유를 확보해 두는 효과가 있다. 이렇게 유재석으로부터 얻은 자극과 영감을 실생활에 적용하기 위해선? 오늘 밤부터 당장 굶고 자야겠다.

범사에 감사하라,
쉬엄쉬엄 기도하라

신이 있다고 믿는다. 종교에 관한 이야기는 아니니 불편해하지 않아도 좋다. 첫 문장부터 신을 운운하는데, 종교 이야기는 배제한다니 뭔 말인가 싶겠지만. 현재 나는 무교다. 어렸을 적 유치부 때부터 교회를 다녔고, 성인이 되어서는 개신교 동아리를 함께한 대학 동기에게 속아 성경공부 명목으로 사이비 종교를 3개월 정도 체험(!)해 보았다. 덕분에 내 지금 대부분 종교관이 형성됐다. 사이비만 아니라면 특정 종교를 옹호하지도 배척하지도 않는다.

근데 왜 신이 있다고 믿게 되었냐고? 신이라는 존재가 인간이 규정한 어떤 판타지든 실체가 있는 무엇이든 간에 내 삶에 관여하고 있단 생각이 반복해서 들었기 때문이다. 계기는 이렇다. 일상을 살아가면서 나는 간혹 기도를 드릴 때가 있다. 헌금도 안 내고 예배도 안 드리면서 무교라고 주장하는 나에게 그 신이라는 존재가 내 기도를 자꾸 들어준다는 착각이 들면서부터 이 이상한 믿음이 뿌리내렸다.

가끔 글에 이런 말을 쓰곤 한다. 남에게 피해를 주지 않는 한 착각으로 사는 것도 나쁘지 않은 선택이라고. 딱 그 정도다. 이웃에 방해가 되지 않는 선에서 나는 착각하기로 했다. 종교 활동 따윈 하지 않는 내 기도를 들어주는 누군가의 기운이 존재한다고 말이다. 웃기는 건 무교인 내가 기도를 이따금 한다는 사실이겠다. 신이 기도를 들어준다는 걸 어떻게 느끼냐고? 내가 아주 가끔 명상처럼 기도를 드리면, 목사님이 어렸을 때 알려 주시기로 '응답'이라고 하는 착각을 하게 되는데, 그게 참 신기할 노릇이다. 주로 내 기도 내용은 '이런 기회를 주세요.'라는 건데, 그런 기회가 실제로 얼마 지나지 않아 내게 찾아온다는 게 웃긴 거다. 에이, 우연 아닌가. 무슨 신까지 들먹이느냐 하면 나름할 말이 있다.

내가 좋아하는 가수와 한 무대에서 노래를 부르고 카메라 세례를 받고 싶다는 기도가 이루어졌을 때라든지, 코로나19 사태로 주 수입원이던 강의와 모임이 올스톱되어 수익이 0원이 될 뻔했을 때, 생각지도 못한 기업 강의를 통해 큰돈이 갑자기 생겼다든지. 어찌할 줄 모를 때 때맞춰 연락이 온다든지 하는. 다시 말해 내가 참다 참다가 기도랍시고 바라는 걸 중얼거리기만 하면 기회로써 내 앞에 다가와 선택으로 주어지는 일들이 너무 많았기에 신의 존재를 믿고 싶게 된 것이다. 엄밀히 말하자면 모든 이의 신이라기보단 내 기도를 들어주는 신이라는 말이 맞겠다.

우주의 기운이라거나 그런 말을 하고 싶은 건 아니다. 종교를 만들고 싶은 생각도 없다. 현대 버전의 사자성어로 '정신승리'라고 해도 할 말 없다. 이런 말들이 얼핏 들으면 배부른 소리 같겠지만 동시에 두 가지 이상의 감정이 든다. 하나는 가끔 하는 기도가 실질적인 기회를 가져다주는 대신 오롯이 내 선택에 그 결과가 달렸기 때문에 선택을

삐끗하면 나 자신을 무한 자책하게 된다는 점. 또 하나는 너무 신기해서 두렵다는 일말의 불안감이 엄습한다는 것이다.

내 기도를 들어주는 존재가 나에게 바라는 건 무엇일까? 세상에 베풀며 기여만 한다면 이대로 살아갈 가치의 정당성을 얻는 것일까? 하는 막연한 두려움 말이다. 또 강하게 드는 감정이 있다면, 이 모든 걸 인식하는 순간부터 내가 종교 활동을 하는 것과 뭐가 다른가 하며 어떤 스탠스를 취해야 하는지 모르겠다는 감정까지. 나는 다만 '운'이 좋은 것인가.
내가 내 책에다 썼던 구절.

'간절하면 이뤄지는 것이 아니라, 하면 이루어진다.'

아포리즘이 동기부여 자극 명언으로 인터넷에 돌고 있는 걸 얼마 전 발견했다. 그래. 나는 사실 간절했기 때문이 아니라, 뭔가를 계속하고 있었기에 자연스러운 결과가 시간이 흘러 나타난 건 아닐까. 기도의 횟수를 늘리면 어떻게 될까? 응답 확률이 더 낮아질까 높아질까?

다음은 내가 군 시절에 버텼던 한 문장인데, 코란 경전에 있다고 알고 있다.

'신은 인내심이 강한 사람 안에 있다.'

어쩌면 내가 만든 환상 안에 있는, 그 착각 속에 내 삶을 지탱해 주는 신이라는 존재는 그저 존버하는 내 안의 인내심이었던 건 아닐까? 우주 속 먼지라는 관점에서 개인에 불과한 나를 바라보면 한낱 웃기는 짬뽕 같다. 이 사유가 나에게 남기는 하나는, 멋대로 살되 이 정도 버티며 사는 건 특별히 운이 좋은 줄 알라는 거울 속 나를 향한 직시 경고 내지는 충고인지도 모르겠다.

이 자식아, 그러니까 범사에 감사해라.

인생은

인생은 '비로소'를 향하는
'그럼에도 불구하고'의 과정이다

다시 태어난다면?
별로 다시 태어나고 싶진 않은데?

딱 얼마 전까지 그랬다. 다시 태어난다면?이라는 질문에 한결같은 답변으로 "응? 나는 다시 태어나고 싶지 않은데?"가 툭하면 나왔다. 그렇게 답한 기저에는 '이렇게 힘들 거 뻔히 아는데 뭐하러 또 태어나?'란 꼬리 물음이 있었다. 이 글은 여기에서 결론이 나면 말 그대로 끝이다. 그런데 굳이 글을 쓰는 이유는 '생각이 바뀌었기' 때문이다.

다시 태어난다면 어떨까? 지금 알고 있는 걸 다시 태어나도 알 수만 있다면 '대박'이겠지만, 그건 현실적으로 불가능하고, 다시 태어나는 것만은 현실적으로 '가능'하다는 전제로 질문을 던져 보자. 또 모르지 않나. 내가 다시 태어나서 이 글을 우연히 보고 있을지도. 내가 선택할 수 없다면 북한 빈민가에 태어날 수도 있는 거고, 세계적 부호인 중동 왕자의 자식으로 태어날 수도 있을 테니 복불복이겠다. 그런데 내가 선택할 수 있다면? 선택할 수 있대도 피곤한 건 마찬가지겠다. 과연 그게 '기회'가 될까?

잘난 가정에 좋은 환경과 유전자를 타고났어도 행복할 거라고 확신하긴 어렵다. 그 반대의 경우에도 행복한 건 확률적으로만 보면 어려워 보인다. 그럼 이쯤에서 질문을 살짝 돌렸다 돌아오겠다.

"과거로 돌아갈 수 있다면?"

누군가는 이별의 순간 이전으로, 또 누군가는 시험 전날로 돌아가고 싶을지 모르겠다. 난 아니다. 정확히 국가보훈대상자 심사를 받던 그날로 돌아가고 싶다. 군대에서 얻은 허리디스크 훈장으로 거의 20년이 가까운 지금까지 고생하는데, 돈은 돈대로 깨지고 회복을 위해 수술과 시술을 총 3회나 한 후에도 일상생활은 쉽지가 않다. 이렇게 인생을 차지하는 디스크인데, 군대서 다친 보상유무를 가리는 심사는 무척이나 단순했다. 그래서 돌아볼수록 더 화가 난다.

겨우 양말 신어 보라고 하는 진단으로 '일상생활에 지장 없음' 판정을 받고 돌아왔기 때문이다. 그 당시 진짜 매일 수영장에서 '무릎 차올리며 걷기'를 한 덕에 양말을 신는 작업이 낑낑거리면서도 가능했는데, 그걸 보고 '일상생활 지장 없음'이라고 보훈심사 군의관은 판정한 것이다. 심사 공간에 입장해서 퇴장하기까지 200초도 채 걸리지 않았다. 난 20년 가까이 이러고 있는데 말이다.

'내가 그때 왜 그랬을까?' 하면 후회이고, '그때 그렇게 할걸' 하면 미련이다. 이 사건은 내 인생에 후회와 미련을 둘 다 남겼다. 그럼 지금 알고 있는 그때도 안다는 가정으로 다시 돌아간다면? 그래, 한 번쯤은 다시 기회가 주어진다면 연기라도 하고 싶다. 재활한 걸 티 내는 게 아니라 아픈 걸 극대화해서 제대로 어필하고 싶다. 그러나 이게 이 글을 쓰는 이유의 전부는 아니다. 겨우 30대 후반으로 넘어가는 시점에 다시 태어나는 걸 생각하는 게 좀 우스워 보일지도 모르겠으나 이건 언제 떠나도 미련 없는 삶을 추구하는 나로서는 유언처럼 남기고픈 주제이다.

내가 만약 다시 태어난다면 아예 군대를 19세에 지원해서 가진 않을 것이다. 남자로 태어날지, 국방의 의무가 있는 나라에서 태어날진 모르겠지만- 적어도 대한민국에서 건강한 남성으로 태어난다면 말이다. 몇 년이라도 대학과 사회생활을 해봐서 눈치도 볼 줄 알고, '병맛' 인간들이 세상에 얼마나 많은지도 알고서 군대에 가고 싶다. 요령껏 무리하지 않고 허리디스크는 다시 터뜨리고 싶지 않다.

내겐 '복싱'을 배우고 '마라톤' 풀코스를 완주하고 싶다는 버킷리스트가 있었다. 언제든 하면 될 것으로 생각했는데, 지금은 허리디스크 때문에 이 두 가지는 꿈도 못 꾸고 있다. 뛰는 건 허리에 큰 무리가 가기 때문이다. 언제든지 할 수 있는 건 세상에 없다. 가끔은 지금 하고 싶은 일이 당장 해야 하는 일일 수도 있다.

다시 태어난다면, 최대한 자유롭게 눈치 안 보고 무엇이든 다 경험해 보고 싶다. 사실 그러기 위해선 지금처럼 외모에 특별한 메리트가 없이 태어난 경우엔 열심히 시험 성적부터 올리고 말발부터 늘려야 한다. 시험성적만 전교나 전국 순위권에 있어도 일단 주변 사람들의 인정을 받는다. 정서적 지지를 받고 귀도 기울여 준다. 때문에, 그때부턴 선택의 자유가 허락된다. 그밖에 모든 건 반전 매력으로 작용한다.

다시 태어난다면 공사현장 노동도 해보고, 책도 분야별로 다양하게 읽어 보고, 동아리도 해보고 싶은 거 다 해보고, 대학원도 바로 진학해 보고, 글로벌 기업에서 성과 이력도 쌓아 보고 싶다. 연애도 이것저것 가리지 않고 해보고, 언어도 5개 국어 정도는 능숙하게 해서 어디든 여행을 자유롭게 해보고 싶다. 피아노나 기타 연주도 잘하고 싶고, 작사와 작곡도 잘하고 싶고, 어릴 적 만화가의 꿈도 다시 웹툰 작가로 바꿔서 이루고 싶고, 화가로서 전시회도 열어 보고 싶고….

웃긴 게, 쭉 써보니까 아직 늦지만은 않은 것들이 많다.

다시 태어난다는 마음으로 오늘 시작하면 이룰 수 있는 게 이중 절반이 넘는다. 그 말은 내가 하루를 제대로 살고 있지 않다는 말과 같다. 허황하지만은 않은 바람들을 안고 사는 나였다. 그렇다면 하고 싶은 일들을 시도는 하지 않고 모험보다는 안정적인 삶 안에서 막연한 불안함을 느끼며 살고 있다는 소리가 아닌가.

잘한 거 한 가지는 있다. 결혼을 아직 안 한 것이다. 비혼주의자 선언은 일찌감치 철회했지만 아직 결혼을 하지 않은 것이 나는 너무 다행이라고 생각한다. 만약 내가 다시 태어나서 내가 쓴 글인 줄 모르고 이 글을 읽는다면 결혼을 빨리 결심하지 않길 부디 바란다. 다시 태어났을 때 이 글을 읽는 시점이 아직 10대라면 30대까지 '결혼' 대신에 가능하면 집중해야 할 것은 다음과 같다.

체력, 유연한 신체, 시험 성적, 피부관리, 싹싹함(친화력), 돈, 자존감과 자신감, 모험(도전) 정신, 수습(상황 대처능력),

역사와 문학과 예술 상식, 논리, 몰입 능력, 패션센스, 감정 컨트롤, 위트와 유머감각 등이다. 물론 늘 하는 말이지만 이것이 정답은 아니다. 그래도 다시 태어난 나에게 말해 줄 수 있다면 내가 아는 한 이게 전부다.

그 누구보다 나를 위해서 타협(조율)하고, 먼저 내가 행복할 확률을 높이라고 말해 주고 싶다. 이렇게 다 쓰고 나니 지금 내가 얼마나 행복한 환경에서 살고 있는지 새삼 느끼게 되었다. 내 걱정을 위주로 하며 살아도 된다는 건 정말 좋은 조건이다. 금수저 흙수저 하는데, 나 먼저 생각할 수 있다는 현실이야말로 진짜 금수저다. 낳아 주고 길러 주신 부모님께 감사.

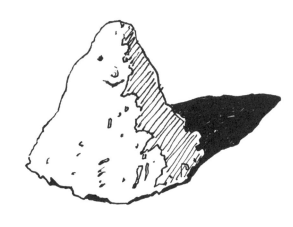

잘 사는
인생이란

언젠가 아침 라디오를 우연히 들었는데, 라디오 오프닝 멘트로 내가 쓴 책 속의 문장이 흘러나왔다.

"잘 사는 인생이란,
아침에 일어나 물음표를 찍고
저녁에 누울 땐 느낌표를 찍는 삶"

할까? 말까?
결정해야 하는 순간

'할까 말까 할 때는 하라'는 말이 있다.

얼마 전 이런 경험을 했다. 그때 정작 고민되는 건 '할까 말까'가 아니라, '말까' 하는 결정을 '할까'라는 문제였다. 이미 그만두겠다는 마음에 무게가 더 쏠렸다는 말이다. 친구가 '할까 말까 하면 하라'는 조언을 해주었을 때 나는 혼란스러웠다. 내가 이쯤에서 정말로 진실로 가슴에 손을 대고 '멈추고 싶은가'의 물음을 스스로 수도 없이 던져야만 했으니까. 지금 생각해 보니 친구의 조언을 구하는 내 타이밍이 적절치 못했다. 내가 정말 '하고' 싶은 건지, '그만두고' 싶은 건지부터 도통 모르겠다는 게 문제이니 '할까 말까의 문제'는 그다음 질문이었던 거다.

하고 싶지 않다면 죽은 척하고 안 하는 편이 좋지만,
하고 싶다면 미친 척하고 해보는 게 좋다.

이것이 최근에 내가 내린 결론이다.

반대로 하고 싶다는 결정에 마음이 더 간다면 그냥 하는 걸 추천한다. 왜? 눈 감는 순간까지 조금 덜 후회할 테니까. 누구든 과거를 돌이켜 보면 하지 않은 것의 후회가 아무래도 비중이 더 큰 법이다.

미국 해병대에는 '70% 룰'이 있다고 한다. 70% 확신이 들 때 일단 주저 말고 실행에 옮기라는 거다.

나는 그만두기를 실행하고 싶은가?
도전하기를 실행하고 싶은가?

냉철하게 따져 보고 70%의 자기 확신이 들었을 땐 주저 말고 결정해 보는 거다. 어차피 퍼센테이지는 주관에 따른다. 인생은 선택에 달렸다고 흔히 말한다. 그때의 '선택'이란, 엄밀히 말하자면 선택 자체가 아니라 선택하는 태도이다. 무턱대고 GO만 외치는 것이 능사가 아니지만, 무조건 오래 끈다고 해서 냉철함이 커지는 것 또한 아니다. 장고 끝에 악수를 둘 때가 더 많다.

일어날 일은 어차피 일어나고, 행운과 불행은 언제 어느 시기에 어떻게 닥칠지 그 누구도 정확히 예상 못 한다. 지레 겁먹을 필요가 전혀 없다는 말이다. 조금 더 치밀하게 계획하고 시간을 번다고 해서 그 덕분에 엄청난 차이가 날 거라는 건 한낱 개인의 착각일 수 있다. 하루하루는 선택이 좌우하는 것처럼 보이지만 인생 전체는 개인의 특정한 결정보다 오히려 운이 지배한다. 냉정하게 과거를 돌아보면 정말 그렇지 않은가? 이것이 선택에 그리 '집착'하지 않아도 되는 이유가 된다.

사소한 선택에 목숨 걸지 말자. 더 중요한 것은, 한번 결정했다면 그 결정에 토 달지 않고 책임지는 삶의 자세다. 나의 결정을 인정해 버리는 것이다. 아무렇게나 결정해 버리고 합리화를 하라는 게 아니다. 나름의 결정을 한 자신의 마음에 동의해 준다면 좋겠다. 낮은 수준의 의사결정을 쉽게 반복하지 않는 유일한 방법은 무엇일까? 지난 나의 결정에 자책하지 않고 그 대신, 복기해 보는 자세를 가져 보는 것이 아닐까 한다. 그렇게 내 감정과 생각을 차분히 정리한 후에 심호흡 크게 하고, 다시 더 큰 꿈(목표)을 향해 전진하는 수밖에.

내 인생의 올바른 선택을 위해서는 평소 내 삶의 철학(가치관)을 정비하는 일이 먼저다. 모든 직간접 경험을 총동원하여 평소 나만의 철학을 견고히 세워 놓으면 흔들리는 법이 적다. 오히려 더 합리적이고 유연한 사고가 가능해진다. 큰 철학이 있다면 사소한 것은 시간을 들이면서까지 소비할 필요가 적어질 테니까. 책을 읽고 여행을 하고 강연을 듣고 어른과 상담을 하고, 홀로 도전해 보고 방황해 보고 실수는 반복하지 않도록 끝없이 기록하고 곱씹으며 수양하면 내 삶 속에 흐르는 지금, 이 순간이 소중하게 느껴질 것이다. 허투루 보낼 수 없는 '새로운' 시간이 될 것이다. 평생을 살면서 똑같은 하루라는 건 단 한 번도 없으니. 모든 결정은 더 큰 것을 이루기 위한 토대일 뿐이다.

김연수 작가의 『소설가의 일』에 나오는 구절로 글을 맺는다.

어떤 일을 할 것인가 말 것인가 누군가 고민할 때,
나는 무조건 해보라고 권하는 편이다.
외부의 사건이 이끄는 삶보다는
자신의 내면이 이끄는 삶이 훨씬 더 행복하기도 하지만,
한편으로는 심리적 변화의 곡선을 지나온 사람은
어떤 식으로든 성장한다는 걸 알기 때문이다.

내가
그토록 불안했던 이유

나 변했지, 변할 거야, 이제 좀 변한 것처럼 보이지?

징징대며 티 내는 조급함은 상대를 짜증 나게 했다. 그냥 묵묵히 변하고 묵묵히 행하고 묵묵히 달라진 삶을 살아가면 그만인데. 내가 이토록 인정에 목말라한 이유는 무엇이었을까? 스스로 인정 못 했기 때문이다. 그래서 더 불안했었기 때문이다. 날 인정해 준 사람마저 떠날까 봐.

불안한 사람은 역설적으로 '불안함을 떨치려고' 자꾸 불안해한다. 현실에 전혀 도움이 안 된다. 진짜 떠날 사람은 떠날 거고, 난 나를 인정하면 되는데 말이다. 다짐했다. 내 마음이 쉬도록 내버려 두고(task-negative), 나를 직면하고서 상황을 직시하고서, 상대적인 건 잠시 내려놓고 내 노력만큼의 긍정으로 '확신'하는 태도부터 시작하자고.

인지심리학자들은 조언한다. 우울하거나 불안한 감정이 올라올 때는 성찰하지 않는 편이 더 좋다고. 어느 정도 감정에서 좀 멀어졌을 때가 나를 돌아볼 좋은 타이밍이다. 가끔 '내가 다 그렇지 뭐' 하는 생각이 들 때가 있는데, 떨쳐 버려야 한다. 그 생각을 버리지 못하면 나 자신을 버리게 되는 지경에 이를 테니까.

바람을 뚫지 못하면 꽃은 피어나지 못한다.
그러나 피어날 꽃은 기어이 바람을 뚫고야 만다.

흔들림 때문에 불안해하다가 바람을 한탄만 하고 끝나는 삶은 무슨 의미가 있나. 피어나야지. 내 향기를 남겨 봐야지. 태어났으니까. 살아남으려 살고 있으니까. 끝내 어른이 되어 봐야지. 시들 때까지는.

내가 그토록 불안했던 이유, 최선을 다해 피워 내지도 않고서, 실패했을 때 그럴싸한 변명 하나가 필요했는지 모른다. 환경을 탓하고, 건강을 탓하고, 나보다 뛰어난 이들을 의식하고, 타고나지 못한 재능이나 부족한 돈을 탓한 건 내가 스스로 빚은 불안이었다. 내가 나로서 최선을 다해 피워 내면 그것으로 충분할 텐데. 조급함만 덜어 내도 인생은 더 반듯해질 것인데. 내가 나를 넘어뜨렸던 지난 실패들을 반추해 보며 지금보다 여유로운 사람이 되고자 이 글을 썼다.

내가 지금 있는 그대로 내 모습을 인정해야 인생이 조금씩 풀리고 안정된다는 걸 잊지 않겠다. 바라보고 행하는 걸 바꾸는 건 내 몫이니까. 피어날 준비는 그거면 됐다.

인생 노잼 시기?
무기력이 찾아왔다면

가수 뮤지는 한 방송에서 '인생에 노잼 시기가 언제 찾아왔었는지' 묻는 인터뷰에 이런 답변을 했다.

"저는 인생이 원래 재미없다는 전제를 깔고 살아서 노잼이라고 딱히 실망한 적은 없어요. 기대를 안 하고 사는 거죠. 제가 아침에 일어날 때마다 외치는 구호가 있습니다. 하, 오늘은 또 얼마나 재미가 없을까."

그럼 작은 재미도 크게 다가오기 때문에 한결 낫다는 게 그의 논리다. 밝고 긍정적으로 살자라는 말은 웃기지도 말라면서 인생관을 들려주었다. 내겐 은근히 깊이 있는 삶의 철학으로 들렸다.

무기력은 어디서부터 기인할까? 반복되는 주변의 무시와 미치지 못하는 인정 기대치, 그 결핍으로부터 시작되는 게 아닐까. 나의 문제임에도 세상이 다 재미없게만 느껴진다. 내가 곧 나의 세상이기 때문이다. 무기력이 찾아 왔을 땐 휴식이고 마음 챙김이고 뭐고, 결과가 그대로라면 때려치울 것을 과감히 때려치워야 답이 있다. 주변에서 기대하지 않았던 우쭈쭈 격려를 어쩌다 세게 받아도 효과는 있지만, 아무도 안 해준다면 내가 나와의 관계에 주목해서 실행해볼 수밖에. 일단 벗어나서 도망치는 방법도 있고, 깔끔하게 그만두는 방법도 있지만, 어려운 길이라도 어떻게든 가겠다는 큰 결심을 했다면 도움이 될 괜찮은 방법을 소개하겠다. 뇌과학 분야에서 연구했다는 결과를 토대로 자료를 수집해 정리해 보았다. (과학커뮤니케이터 '엑소(이선호)'님의 방송을 참조함)

크고 소중한 꿈 말고 작고 하찮은 목표를 반복 달성하기

그냥 아무것도 아닌 행동이라도 '목표'로 잡는 거다. 목표라고 생각만 하고 실천해도 뇌는 기력을 회복하도록 활성화한다고 하니 속는 셈 치고 해보면 좋겠다. 속는 셈 치고-가 아니라 실제 뇌가 속는 기제이다. 뇌가 성취에 작용하는(이른바 쾌감(행복) 호르몬) 신경전달물질을 분비한다는 소리다. 예를 들어, '나는 지금 침대에서 벌떡 일어나 물 한 컵을 마실 테야-'와 같은 걸 '목표'라고 진하게 인식하고 바로 행동에 옮기는 식. 나를 통제하는 동시에 목표로 둔 그것을 스스로 움직여 달성하길 반복하면 끝이다.

계단을 '그냥' 오르는 게 아니라, '운동이라고 생각하고 목표치를 두고' 계단을 오르면 그때 또 뇌는 쾌감 호르몬을 분비한단다. 그런 사소한 목표를 계속해서 설정하고 달성하기를 반복하다 보면 흔한 자기계발은 자기성장이 되고 자기관리로 남을 것이다.

단, 주의할 점이 있다. '어쩌다 안 하는' 실천에도 뇌가 똑같은 쾌감 호르몬을 분비한다는 것. 내가 꾸준히 달성해오다가 포기한(오늘은 비 오니까 운동 가는 건 하루 쉬지 뭐-와 같은) 경우에도 인간은 쾌감을 느낀다는 말이다. 이것에 속아 인생을 반대로 살아가기란 너무나도 쉬운 우리다. 포기해서 단기성으로 얻는 신경전달물질은 내성이 있고, 목표 달성을 해서 장기성으로 얻는 건 내성이 없다니까 더 그렇다. 신경전달물질도 구분이 된다. 단기적 성취에 행복감을 주는 신경전달물질이 도파민, 장기적 성취를 도우며 오래 은은한 행복감을 주는 건 세로토닌이란다. 김영훈 가톨릭 의대 교수의 글에 따르면, 세로토닌의 역할은 넘치는 도파민으로 생성된 스트레스와 과도한 경쟁심 등을 완화해 준다니 장기적 성취에 주목할 필요가 있겠다. 내적 스트레스가 만든 아드레날린의 폭주와 그 후유증으로 동반되는 공격성, 충동성, 폭력성도 조절해 준다고.

혹시 지금 시지프스의 노동처럼 반복되는 일상이 '노잼'이라 무기력한가? 먼저 한 발 떨어져 푹 쉬고 난 다음에 가만히 돌아보아야 한다. 휴식 뒤에 돌아봄이 없다면 인생은 게을러지거나 우울해지거나 분노에 차거나 하면서 점점 망가지고 말 테니. 감정이 막 차오를 땐 피하되, CCTV를 통해 나를 보듯 성찰하는 사색의 시간이 충분히, 수시로 주어져야 한다. 그건 누가 대신 쥐여 주는 기회가 아니다. 소크라테스 형은 '성찰하지 않는 삶은 살 가치가 없다'는 말을 남겼다. 세상이 왜 이런지 물으면 나 자신을 돌아보라고 말하는 테스형이 아닌가.

스트레스?
그게 인생인지도

만약 스트레스로 어떤 마음의 문제가 생겼다면 지금은 '행동'해야 할 때다. 목표를 향해 오늘 주어진 상황에서 묵묵히 할 일을 하는 것처럼, 쉬거나 도망치는 것(반복되는 상황으로부터 벗어나는 것) 역시도 때론 '좋은 행동'이 될 수 있다. 휴식과 회피를 단순히 죄악이라 생각지 말자. 나를 사랑하는 최선, 그 우선순위는 세상 어떤 것보다 선행되어야 하지 않을까. 그게 단 한 번뿐인 개인의 생을 지혜롭게 운전해 나가는 방법일 테니. 멀리 보고, 가까이 보고. 더 멀리까지 오래가기 위해 어떤 구간에선 마음 놓고 쉬어 가고. 충전하고 점검하고. 필요하면 돌아가기도 하고. 이와 동시에 속도를 지키며 방향성을 잃지 않으려 정신 차리는 것.

답답하고 굴곡진 생이라면, 나 같은 운전자가 길 위에 많거나 커브 많은 구불길 혹은 비포장도로를 달리는 중인 거지, 운이 나쁘거나 신이 나에게만 시련을 준다거나 내가 마냥 바보 같아서 그런 건 꼭 아니다. 인생은 본디 고통이다. 애쓰고 버티고 견디는 걸 특별히 대단한 일이라 여기며 괴로워할 필요가 없다. 태어난 동시에 장착한 기본 옵션이니까. 선택사항이 아니란 소리다. 관점만 바꾸면 되는 문제다.

우리가 서로를 위로하고 격려해 주는 이유는 더 잘났기 때문이 아니라 인간이 다 그렇게 살아야 하니, 서로 버티며 생의 위안이 되어 주기 위함이다. 내가 어떤 행동을 할지, 하나의 존재로서 어떤 위안이 되어 줄지. 감정에만 매몰되지 말고 어떤 삶의 태도로 관철해 나갈지. 길게 생각할 건 없지만 염두에 두고서 행동하자. 연식은 어쩔 수 없으나 그렇다고 인생을 처음 상태로 돌리지도 못하며 새것으로 교체할 수도 없을 테니까. 깊은 애정을 가지고 고치고 다듬어 가며 정비하는 수밖에.

우리에겐 연료가 되어 주는 무엇, 워셔액이 되어 주는 무엇, 안개등이 되어 주는 무엇이 다 있지 않은가. 든든한 보험 같은 무엇도 있을 테고. 그 무엇들로 재정비하며 다시 운전대를 잡으면 내 앞에 펼쳐질 어떤 상황인들 두려울까. 스트레스는 인생 그 자체인지도 모른다.

Life is
Live…

SNS의 맹점은 실시간 인증 후에 과거의 삶을 살게 된다는
거다. 그건 과거 인증 후 실시간의 삶을 사는 것보다 현명
하지 못할 때가 많다. 얽매이거나 집착하지 말고 실시간의
삶을 살아야 한다.

내가 바라보는 타인의 삶은 편집된 하이라이트라 해도
내 인생은 언제나 라이브다.

틈

날 지치게 만들고 와르르 무너지게 하는 큰 사건-가까운 이의 죽음이나 여러 사정의 이별, 야심 찼던 도전의 연속된 실패, 파혼이나 이혼, 누군가가 나를 향한 다양한 형태의 폭력, 채무나 가난으로 인한 일상의 어둠 등-이 날 덮쳐 올 때가 있다.

이때는 나 자신에게 생각할 틈을 너무 많이 주는 것보다 정신없이 행위를 반복하여 일상을 덮어 버리는 편이 낫다. 어둠을 피하거나 맞서 싸우는 방법도 있겠지만 내 경험상으론 틈을 주지 않고 부단히 무언가를 하는 게 좋았다. 그때 작은 성취나 배움의 보람, 금전 등이 보상처럼 따르면 더할 나위 없었다. 생각으로 가장한 근심, 걱정, 고민은 될 수 있으면 단순하고 담백하게만 하고 무디게 넘겼다.

한참을 지나 돌아본 내 모습에 새삼 내가 놀랐다. 난 이미 바닥을 찍고 나서 빛이 드는 곳까지 한참을 올라와 있단 사실을 지나온 어둠을 보며 깨달았다. 마치 속도를 내지 못하고 추월할 수 없는 터널에 갇힌 차 안에서 음악을 들으며 막춤을 추는 것처럼 살았다. 동시에 앞으로 가는 것만은 멈추지 않았다. 하염없는 어둠 끝에 빛이 쏟아졌다. 다시 또 내 앞에 터널이 나오면 처음보단 겁이 덜 날 것 같다. 반대로 큰 이벤트나 짙은 어둠 없이 평이하게 혹은 무력하게만 하루하루를 살고 있다면 사정이 달라진다. 일부러 일상에 틈을 내야 한다.

여행을 떠나거나 가깝고 낯선 곳에서 멍 때리는 것도 좋다. 취미 한두 개를 시작해도 금세 생기가 돈다. 평소 만나지 못한 사람과 오랜만에 만나 이야기에 빠져 보는 것도 괜찮다. 행여 사람을 만나기가 지겨운 시기라면 소설이나

에세이, 영화나 연극 등으로 작품 속 세계에 빠져 보길 권한다. 그러한 틈이 나를 한 뼘 더 성장하게 하고 움직이게 만들기 때문이다. 그렇게 살아있음을 재확인하면서 그 자신감으로 추진력을 얻는다. 인생에서 틈을 어떻게 활용할 것인가에 따라, 한 사람의 업그레이드 속도는 달라진다.

우리집 고양이 다행이는 햇살 좋은 날 창밖을 바라볼 때, 양쪽 눈의 검은 동공이 '1'자가 된다. 장난감을 가지고 사냥놀이를 할 때, 맛있는 간식을 볼 때는 크게 동그래지는 동공이 상황에 따라 변하는 거다. 여기서 난 또 하나를 다행이에게 배웠다.

마주 보기 어려운 무언가를 회피하지 않고,
두려움 없이 정면으로 응시하는 법에 대하여.

요즘 멘탈관리에 관심이 많다. 특히 불특정 다수의 시선에 둘러싸인 유명인들의 멘탈관리를 유심히 살펴보면 흥미롭다. 카메라 앞에서 사전에 합의한 연출대로 합을 맞춰 연기하는 것과 인간적인 면모가 구분된다. 가수이자 배우인

아이유(이지은)는 한 인터뷰에서 '기분이 안 좋을 때 푸는 방법이 있냐'는 질문에 이렇게 밝혔다.

"스스로 우울한 기분에 속지 않으려 노력해요. 설거지를 하든 안 뜯은 소포를 뜯든 무작정 움직이려고 해요. 이 기분 절대 영원하지 않고 5분 만에 내가 바꿀 수 있어 하는 생각으로 몸을 움직여야 해요. 진짜로!"

나는 이에 100% 동감한다. 살아있음은 움직임이고, 움직임은 곧 살아있음이란 전제 아래, 긴 시간 동안 부정적 뉘앙스에 나를 내버려 두지 않겠다는 강한 의지가 필요하다. 부정적 감정이 내가 내어 준 틈에 끼어 놀지 않도록 틈을 주지 않는 움직임. 내가 감정을 지배하겠다는 탁월한 각오와 실행이면 충분하다.

싸이(PSY)는 한 인터뷰에서 악성 댓글(악플)에 어떻게 대처하냐는 질문을 밝고 이렇게 말을 했다.

"악플을 읽고 나면 곡이 잘 나와요. 악플을 읽으면서 창작

욕구를 불태웁니다. 이제는 5천만 명 중에 겨우 몇백, 몇천 명이 이렇게 말하는구나 하고 넘겨요."

다행이가 햇빛에 응시한 눈동자의 크기처럼 내가 담을 만큼만 내 마음의 시선을 조절하면 되는 거였다. 부정적 감정, 우울감이나 짜증, 분노에 머무르지 않는 시선 처리. 이러한 감정 조절과 통제는 인간 사회에서 사는 동안은 꼭 필요한 요소가 아닐까?

일이 뜻대로 되지 않을 때
5가지 마음가짐

1. 감사할 거리를 찾는다.
- Thanks List 작성하기

일순간 무기력해지는 일이 있다. 일희일비하지 않으려 해도 내 감정은 지진처럼 흔들린다. 내가 좋아하고 잘하는 일 한 가지에만 전념할 수 있다면 좋으련만, 그것마저 돈이 있어야 가능하다. 방법이 없진 않다. 관점을 바꾸는 것. 이럴 때일수록 감사할 거리 '땡스 리스트'를 작성하면 한결 나아진다. 이 상황 이외에 감사할 목록을 종이에 적거나 입으로 되뇌면 마인드 컨트롤에 좋다. 대상을 향해 진심을 담아 손편지를 써서 후에 전달하는 것도 괜찮은 방법이다.

내 경우, 때마다 우선순위는 조금씩 달라지지만- 보통은 가족(+친척), 고양이, 베프, 여자친구, 동기나 동료들이 Thanks List에 매번 새겨진다. 이 글을 다듬는 기준에선 가족과 더불어 대학원 동기들이 나에게 제일 감사한 존재들이다. 지치지 않고 나아갈 수 있게 도와주기 때문이다.
이 원고가 세상의 빛을 보게 해줄 출판사의 대표, 편집장, 그림 작가 모두 현재 땡스 리스트에 박제하고픈 분들이다. 지상파 방송 데뷔의 꿈을 이뤄 준 KBS 라디오 PD, 방송작가, 아나운서…. 이렇게 쓰다 보면 Thanks to가 될 거 같아서 이만 줄이겠다. 공통점은 다 나의 한결같은 지지자들이고 조언자들이다. 인간이 아닌 고양이(다행이)마저 어떤 면에선 나를 일깨워 준다. 가끔은 햇살이 유독 고맙고 시원한 비가 그렇게 고맙고, 향긋한 꽃이 눈물 나게 고맙고 새소리를 들을 수 있음에 고마운 날도 있다. 허리 디스크 이후 온전히 두 다리로 걸을 수 있어서, 고맙다. 숨 쉴 수가 있어 고맙다. 원룸에 옵션으로 달린 커튼도 겨울을 나게 해준 보일러 온수도 친구가 선물해 준 건조기도 내겐 다 감사할 거리다.

이처럼 지금 나를 살게 하는 땡스 리스트를 써보자. 사소한 것, 당연하다고 여겼던 것들을 나열하다 보면 의외로 많은 걸 발견하게 될 것이다. 살아갈 이유가 된다. 갚아 나가야 할 미션이 쌓여 있다. 감사하며 믿어 보자. 그 감사가 비로소 나 자신에게 향할 때, 나는 향수를 뿌리듯 향기로운 존재로 다시 피어날 거라고.

2. 크리티컬 매스를 믿는다.
- 99℃에서는 물이 끓지 않는다, 1℃의 노력이 더 필요하다.

소설가 조정래 선생님은 진정한 노력의 정의를 '자신조차 감동할 만큼의 최선'이라 했다. 돌아보자. 나조차도 감동할 만큼의 노력을 했는가? 이는 자책하라는 것이 아니라, 어느 임계점에 다다르면 꽃이 피고 물이 끓듯이 크리티컬 매스를 믿고 정진해 보라는 거다. 아직 끝나지 않았다. 포수 요기 베라는 "끝날 때까지는 끝난 게 아니다."라고 말했다. 그 누가 끝을 정했나? 포기하지 않고 온 그동안의 노력이 있지 않은가? 지쳤을 때 딱 한 번만 더 해보자. 감정이 태도가 될 때 딱 10분만 참아 보자. 욕심이 아니라, 마음을 비울수록 일은 잘 풀린다. 여기까지 온 것 잘했다 하고 스스로 격려해 주는 자세가 최선에 다다르는 출발이다.

그래도 안 되면? 말고!

3. 티핑 포인트를 믿는다.
- 아무도 모르는 결과, 반드시 대반전의 가능성은 있다.

티핑 포인트, '급변점'이라고 번역한다. 저널리스트 말콤 글래드웰이 사용한 용어로서, 예기치 못한 일들이 갑자기 폭발하는 바로 그 지점을 일컫는다.

실력이 있어도 노력으로 안 되는 일은 있다. 어쩌면 노력 자체의 문제보단 시간문제와 돈 문제, 책임져야 하는 관계 문제에 얽매여서 그렇다. 보통 흐름을 탄다고 하듯 운도 잘 따라 주어야 한다. 우리는 모두 환경 속의 인간이기에 내가 모든 걸 주관할 수 있는 게 아니다.

가수 윤도현은 무명시절, '가객' 김광석의 눈에 띄어 그의 공연 고정 게스트로 매번 무대에 올라 노래를 했지만 좀처럼 잘 풀리지 않았다고 한다. 2000년 당시, 윤도현밴드 (현 YB)를 완전히 해체하고 손을 놓은 채 슬퍼했다. 그런데 약 3개월이 지나 마지막 앨범에 있던 '너를 보내고'가 노래 차트 역주행을 했고, 단번에 상위권에 올라 보컬 윤도현을 우리나라 팬들에게 각인한다. 밴드는 마치 해체한 적 없었던 것처럼 활동을 재개했고, 그로부터 약 2년 후 2002 한일월드컵에서 YB버전의 '애국가'와 '오! 필승 코리아'를 부르며 '국민가수'로 윤도현은 우뚝 선다. 그는 지금도 여전히 그룹 YB의 소속 보컬이다. YB가 대한민국의 대표 락밴드로 자리매김한 것은 물론이고.

역주행의 신화나 티핑 포인트가 눈에 띄는 사람들의 스토리를 보면 거의 다 포기했을 즈음에 한 번 더 최선을 다해서 반전을 겪은 에피소드가 많다. 재능이 없는 열정의 비극은 빨리 깨우쳐야 하겠지만, 객관적으로 볼 때도 일말의 가능성이 있다면? 희극으로 끌고 갈 수 있다고 끝까지 믿어 보자.

4. 숙면을 취한다.
- 푹 잘 수 있는 기회를 만들자.

숙면의 기회를 만드는 건 아주 중요하다. 뇌는 숙면을 하는 동안에 기억을 필터링한다. 잠을 푹 자는 일상은 깨어 있는 동안의 컨디션을 좌우한다. 침상에 눕자마자 스마트폰 전원을 끄고 빛과 소리를 전부 차단해야 숙면의 확률이 올라간다. 알람이 필요하다면 스마트폰과 별도의 알람시계로 설정해 두자.

나는 평균 8시간을 꼭 자는데, 매번 알람을 하지 않고도 비슷한 시간에 눈을 뜬다. 중요한 장거리 약속이 오전 시간에 있으면 어쩌다 알람을 하고, 평소엔 내 신체 리듬에 맡긴다. 이유는 건강을 유지하고 싶어서다. 빛은 수면에 가장 좋다는 1룩스를 지킨다. 자기 전 물을 너무 많이 마시거나 야식을 취하면 수면에 방해가 되므로 피한다. 숙면의 기회를 만들고 생각을 비워 내는 습관이 핵심이다. 자는 동안 뇌는 저장할 기억과 버릴 기억을 정리한단다. 숙면은 뇌가 '기억의 필터링'을 무리 없이 잘 해낼 수 있도록 환경을 조성해 주는 작업이라고 생각하면 좀 더 동기부여가 된다. 특별히 마감이나 시험에 압박이 있지 않다면 숙면에 최선을 다하자. 모든 방법을 동원해서라도. 단, 술은 피하자. 정말이지 숙면을 반복하면 삶의 질이 확 달라진다.

5. 상처받은 내면 아이를 평소에 돌보자.

어떤 상황에서 무기력함이 반복되는지를 살펴보자. 어릴 적 어떤 결핍이나 정신적 외상으로 인해 자라지 못한 채, 마음속에는 아이 상태 그대로 정체된 또 하나의 자아가 있다. 이를 두고 상담가 존 브래드쇼는 '상처받은 내면 아이'라고 명명했다. 무조건적 회피보다는 직면하고 울컥 쏟아 내는 작업도 중요하다. 이건 일이 안 풀릴 때보다는 평소에 점검하는 게 좋다. 원래 건강은 건강할 때 챙기는 법이지 않나. 일이 뜻대로 풀리지 않을 때 내면의 비난이 시끄럽게 일어나기 쉽다. 음소거를 바로 해야 좋은데, 전문가들의 추천 방법은 명상과 혼잣말 주문이다.

잊지 말자.
나는 형편없는 사람이 아니란 걸.
나는 참 괜찮은 사람,
적극 지지하고 응원해도 좋은 사람인 것을.
자꾸 나에게 말해 주자.

내 안에 미처 나만큼 자라지 못한 아이를 돌보고 살피려는
여유는 얼마든지 부려도 좋다. 서로의 내면아이를 이해하
는 소울 메이트를 만난 사람을 두고 소위 '인복이 있다'라
고 한다. 고백을 통해 실컷 울고 나면 나아지는 예도 있고,
인정하거나 용서하면 한결 나아지기도 하니 상처받은 내
면의 아이를 인식했다면 포기하진 말자. 어려우면 전문 상
담을 받아 보는 것도 방법이다.

혼자라도 괜찮다. 난 글쓰기로 상당 부분을 해소했다. 어
떤 이는 노래로, 춤으로, 그림으로 해소한다. 자신에게 맞
는 정화와 승화의 도구를 찾으면 상처받은 내면 아이는 자

연 치유되거나 곧 아무것도 아닌 게 된다. 엉뚱하게 발현되는 문제가 반복될 때, 그저 외면하지만 않는다면 한결 나아진다. 내면아이가 갑자기 튀어나올 때가 있다면 당황하지 말고 토닥토닥 해주자. 상처받은 내면아이를 내가 인지하면서부터 상황은 점차 나아진다.

한
마디

다시 과거로 돌아가 그때의 나에게 한마디를 건네준다면
'네 생각보다 너는 지금 더 강하다'는 말보다
'네 생각보다 너는 지금 더 아름다운 사람'이라 말해 주고
싶다

이
유

요즘 부쩍, 침묵을 견디는 시간이 어색하게 느껴진다. 유
튜브를 프리미엄(유료결제)으로 전환해 영상은 끈 채 귀로
듣기만 하거나 팟캐스트라도 틀어 놓지 않으면 이 분위기
를 어찌할지 모르겠는 거다.

대화가 고픈가?
음성기반 SNS를 실컷 했다가 멈추고 나니 대화의 문제는
아니었다는 걸 알았다.

홀로 외로운가?

오롯이 외로움을 느낄 여력조차 없는 것은 외로운 것이 아니다.

조급한가?
이거, 맞다. 조급해진 게 분명하다. 무언가에 쫓기듯 괜히 불안해한다. 아무도 나에게 뭐라 하지 않는데, 나는 날 쫓는 그림자를 만들어 버린 게 아닐까. 좀 더 나를 위해 살아 보기에 돌입.

생각이 많은가?
이것도 맞다. 생각을 시작하면 꼬리에 꼬리를 물고 비교에 비교하고 뒤끝에 뒤끝을 낳아서 나를 비틀어 버리는 것만 같다. 생각을 비워야 한다는 생각으로 머리와 마음속이 온통 가득 차 버린 기분.

불편한가?
나를 잃지 않는 범위 내에서, 내 자의적 선택에 의해 불편함을 가지면 누군가는 편안함에 이른다. 그런데 자꾸 내 불편함을 사랑하지 못하는 내가 나를 갉아먹고 있는 듯하여 다소 서글프다.

진심이 아닌가?
진심이 아닌 것에 진심인 척하는 것이 하나둘 늘어난다.

사회적 알람을 못 끄는가?
못 끄고 있다. 안 끄고 있다고 생각했는데, 아주 속 시끄러
워서 못 살겠다.

다시 출발할 것인가?
다시 출발선에 섰으나 총성은 내 마음이 울려야만 한다.
아무도 날 대신해서 내 출발을 함부로 결정할 순 없다.

지속하기 두려운가?
지속하려면 운으로 살았던 과거의 복에 겨움을 잊고 수십,
수백 배는 더 노력해야 한다. 지속한다는 것은 그대로 하
면 된다는 말이 아니니까.

즐길 수 없는가?

즐기던 것들이 즐기지 못하는 것들이 되었다. 업데이트를 하든 업그레이드를 하든 인생 버전업을 해야 한다. 아님 피하든가.

이 모든 것은 결국 무엇 때문인가?
숫자 때문이다. 돈과 나이, 날짜, 시간….
이 모든 문제는 그래, 숫자 때문이다.

04

당신은 결국
당신이 바라는 사람이
됩니다

내 인생은
귤처럼 달아지지

제철과일 귤을 먹다가 문득 생각이 났다. 어렸을 적 〈SBS
호기심 천국〉이란 프로그램(1999.1.3. 방송분)에서 보았던
잡상식 중 하나.

'귤은 높은 곳에서 몇 번 떨구면 그 맛이 달아진다.'

귤은 높은 곳에서 몇 차례 떨어뜨렸을 때 '상처'가 생긴다.
상처가 난 귤은 심각한 '스트레스'를 받게 되는데, 이때 귤
의 놀라운 대처에 인사이트가 있었다. 귤이 스트레스를 받
는 그 순간, 성장을 조절하는 '에틸렌'이라는 효소 분비가

촉진된다는 거다. 이 효소 덕분에 우린 더 당도가 높은 귤을 먹을 수 있다는 사실. 오호라, 신기하다. 신맛(산도)은 변화가 없지만, 단맛(당도)은 20% 이상 증가된다니!

여기서 가장 놀라운 점은 귤의 보호본능이라 하겠다. 귤이 달아지는 이유는 '자신을 보호하기 위해서' 성장을 촉진하는 에틸렌의 분비를 증가시키는 거란다. 자신을 보호하기 위해서. 이 말이 너무 멋지지 않은가? 전기장판 위에서 이불을 뒤집어쓰고 생각 없이 까먹던 노란색 귤이 더 매력적으로 다가왔다.

나란 인간도 귤과 같은 셀프 보호본능이 있다. 상처를 받고 스트레스를 받을 때마다 나는 귤처럼 산다. 10대나 20대 때는 멘탈 관리가 어려웠지만, 30대 중반을 넘긴 지금의 나는 나름의 노하우가 생겼다. 점점 닳아지는 인생보다 점점 달아지는 인생을 추구하게 된 것이다.

부정적 상황이 내게 닥쳐와도 다소 시큰둥한 태도로 일관하면 상처나 스트레스를 거의 받지 않는다. 시니컬이나 쿨

병과는 개념이 다르다. 세상에 회의적이거나 누구에게 보여 주려는 게 그 전제나 목적이 아니기에 그렇다. 내가 처한 상황에서 한 걸음 떨어져 보려는 태도가 너털웃음을 짓고 둔하게 넘기는 비법이다. 빠져들지 않는 태도. 차오르는 부정적 감정을 버스나 기차 차창 밖에 지나가는 풍경처럼 인식한다. 내 성장을 조절하는 무엇인가의 분비가 촉진되듯이, 지나고 나면 부쩍 성장해 있다.

직장인이던 시절 나는 홍보대행사에서 일하면서 대기업이나 정부 산하기관의 부정이슈 관리도 도맡아 했다. 그때 당시엔 이걸 어찌해야 하나 싶은 일도 적절한 대처가 한 끗의 차이로 이뤄지는 걸 보면서 인생을 배우곤 했다. 인생에도 현명한 이슈관리가 필요하다는 걸. 무작정 버티는 게 능사가 아니란 걸 깨달았다. 그 뒤부터 내 일상에 부정이슈가 닥쳐 고통스러울 땐 잠시 잊을 수 있는 나름의 진통제를 써서라도 통증을 유예하거나 자연치유 차원에서 휴식을 취한다. 어쩔 수 없는 이별을 겪어 내야 할 때, 듣지 않아도 될 소리를 크게 들었을 때, 돌이킬 수 없는 실수였지만 수습은 가능할 때가 살면서 얼마나 많은가.

나는 내 성장을 위해서, 나를 상처로부터 지켜내기 위해서 매 순간 최선을 다한다. 누군가가 나를 나락으로 떨어뜨려도 쉽게 좌절하거나 포기하는 법이 없다. 아픈 만큼 성장한다는 말보단 아플 때 잘 대처한 만큼 성장한다는 말을 좋아한다(내가 한 말이다). 어떤 것도 나를 상처 주도록 내버려 두지 않겠다는 자기 보호와 자기 성장의 굳은 의지이다. 마음의 안정을 준다는 노랑과 밝은 기운을 준다는 주황까지 다 품은 귤에게서 인생을 배웠다.

아까 언급한 〈호기심 천국〉 실험에 따르면, 굳이 귤을 떨어뜨리지 않아도 손으로 주무르기만 해도 귤은 익어 달아진다고 한다. 날 가만히 두지 않고 떨어뜨리고 주무르려는 이 세상에 고한다. 이제 난 나를 아프게 하는 모든 것으로부터 자유로워질 것이라고. 오히려 익어 갈 것이라고.

나를 나이지 못하게 하는 상황들은 이제 나를 벼랑 끝으로 내몰지 못할 것이다. 인생에서 쓴맛을 볼 때마다 성장하는 내 인생은 더욱 달콤해질 것이니까. 세상에 치일 때마다 점점 맛있어질 소중한 우리 인생을 위하여.

꿀~!(짠)

재물운이 좋다는 건
부자를 말하는 게 아니다?

운이 좋다는 건 넘치는 힘을 말하는 게 아니라 견디는 힘을 말한다. 견디는 기운이다. 재물운이 좋다는 말에 당장 부자가 된다며 기뻐할 일이 아니라는 말이다. 인생의 크고 작은 위기가 눈앞에 닥쳤을 때, 돈(재산 등)이 그 시기를 견디게 해준다는 말이기 때문이다.

어떤 인생에도 시련은 있다.

좋은 일만 가득하다는 건 덕담의 문장이지 현실과는 괴리가 크다. 차라리 무탈하다는 말이 더 복에 겨운 상태다. 누구나 얼마 못 가서 위기를 맞는다. 저주가 아니라 우리네 현실이 그렇다. 세상은 좋은 말로 가득하지만, 인생은 고통이다. 이를 견디게 하는 기운이 '행운'이고, 여유를 갖추면 '행복'이다.

인복이 있다, 관운이 있다, 문서운이 좋다, 부부운이 좋다고 말할 때도 다 마찬가지 맥락에서 이해하면 좋다. 예를 들어, 재벌 집안에서 태어나도 재물복이 없을 수가 있다. 재물이 자신의 시련을 지켜 주지 못한다면 그건 그 사람에게만큼은 환경적 재물운이 더는 '복'이 아닌 거니까.

반대로, 날 어릴 적부터 힘들게 한 부모로 인해 일찌감치 물질적·정서적 독립으로 자립심을 갖게 되었다면 세상을 견디며 살아가는 건 원천적으론 부모덕일지도 모르는 거다. 비록 아픈 상처이고 원망의 대상일지라 해도. 문득 돌아보면 내 인생의 '빌런'이 나를 성장케 한 결정적 계기로 남기도 하지 않는가. 현실에서 〈더 글로리〉(복수극)를 찍을 순 없는 노릇이니. 오히려 감사하다는 생각으로, 원수를 사랑하는 일까지는 아니더라도 원망과 복수심을 거둘 순

있겠다.

실상은 잘 사는 게 최고의 복수라는 생각으로 이를 갈며 최선을 다한 경우였을지라도.

순수하게 내 이야기를 해보겠다. 난 글쓰기나 강의에 타고난 사람이 아니다. 내 사주를 풀이해 보면 타고난 재능 자체는 매우 부족한데, 성실함과 노력하려는 본성·기질 따위를 타고나서, 부족한 재능을 스스로 계발하여 먹고사는 팔자란다. 이 역시 성실과 노력의 아이콘인 부모와 형이라는 가족 테두리 안에 환경이 미친 초년운의 영향이 컸다.

이동영 작가도 유튜브를 한다. 〈채널명: 글쓰기 강사 이동영〉 오행 중 금(金)이 많고, 또 신금(辛金) 일간이라, 예전 같으면 많은 도사(?) 분들이 한 목소리로 이렇게 말했다. 내 사주를 보자마자 '쇠나 기계 등을 만지거나 자동차, 전기쪽으로 진로를 정해야 잘 풀린다'라고. 최근 해본 상담에서는 '전파를 타라, 강의하는 거 좋다. 방송이나 유튜브를 하면 반드시 성공한다!'라면서 '전기, 쇠, 기계'는 옛 풀이고 현대적 관점으로 풀이해야 한다며 유튜브를 적극 활용 권장을 해주었다. 최근에 이벤트에 당첨되어서 무료로 전화 상담을 받았는데 더 풀어 보겠다.

부모님 회사가 전기 관련 업체라서 1년 반 정도 근무해 본 이력이 있다. 일 자체가 나랑 너무 안 맞아서 죽어도 못 하겠다 했고 자동차에도 전혀 관심이 없는 걸 보면 과거에 본 사주풀이가 엉터리인가 했는데, 전파와 유튜브 크리에이터 진로로 해석하니 납득이 됐다. 또한, 金은 뾰족하고 예리한 속성이 있어 타고난 예민함과 분석력이 수강생에게 피드백하기 좋은 정확한 비평으로 이어질 수 있단다. 세상에 대해 이야기하는 작가도 사주와 잘 맞아 좋다고 했다. 단순히 예민하여 손해 보는 게 아니라, 분석력을 요하는 기획에도 능한 편이라 콘텐츠를 다루는 작가나 글쓰기 강사는 찰떡이라 했다. 사람을 끄는 도화살과 전국을 돌아다니는 역마살도 있어 강의에 적합하다고. 이걸 말해 준 사주 선생님은 안 좋은 말은 하나도 하지 않았다. 부적을 하라거나 누가 죽는다거나 떨어지라거나 하는 말 따윈 없어서 좋았다. 그래서 빠짐없이 다 메모해 두었다.

자신이 아팠던 만큼 보복을 하기보단 그걸 글에다 정화·승화시키고 현실에선 따뜻한 정이 있는 사람이라고도 했다. 첫인상은 차갑고 날카롭지만, 타인에게 함부로 상처를 주는 사람이 아니라 했다. 융통성이 다소 부족하고 고지식하다곤 하나 타고난 심성이 착해서 곁에 있는 사람이 다소 답답하긴 하더라도 결혼하면 아주 잘 살 거란다. 뭐, 이 말은 매번 듣는 말이었다. 천성이 철학적이며 성숙함을 지향하기에 늦공부를 해도 잘 풀릴 거란다. 사주로 보면 대학원에 다니는 건 좋은 선택이라 했다. 예전에 점을 보는 곳에선 "이런 데 올 필요 없는 사주니까 그냥 하고 싶은 거다 하고 살라."고도 했는데, 미신이든 아니든 그 말이 용기가 필요한 선택의 순간에 꽤 도움이 되었다.

전인미답의 인생에서 무슨 미래를 보는 사주와 관상 얘기를 하고 앉아 있냐 하겠지만, 나는 기분 좋아질 만큼만 참고한다. 내가 좋은 운이 있다는 건 어떤 시련에도 적절히 견뎌 낼 힘, 버텨 낼 힘을 가진다는 뜻일 테니. 더 많이 정직하게 베풀며 감사하게 살다 보면 그 좋은 기운들을 불러모을 거라 믿어 보는 거다. 시련을 견디는 만큼 사람은 성장하고 가치관을 정립하기에, 모든 시련은 유의미하다.

좋은 운을 만들기 위해선
좋은 덕을 쌓아야 한다.

'왜 나에게만 이런 시련을 주시나이까!' 하며 신을 원망하기보다 그 시련에 대응할 합당한 운을 부르기 위해선 어떤 덕을 쌓아야 할지 고민하기로 했다. 더 나은 행운과 신의 도우심(축복)을 받는 길일 테니까. 사주를 공부한 분께 얼마 전 이런 말을 들었다.

"사주에선 어떤 사건이 벌어지면 다른 사건은 벌어지지 않는다는 걸 의미하기도 해요."

재미로 보고 용기를 내기 위해 필요한 만큼 적당량을 믿어 시련을 버티는 데 활용하면 삶이 조금 윤택해진다. 영화 〈마리아 칼라스〉에서 마리아 칼라스는 이런 인터뷰 발언을 하는데, 내가 이따금 하는 기도와 토씨까지 똑같아서 놀랐다.

"혼자 하는 저만의 기도가 있어요. 듣고 웃지 마세요."

"네, 뭔데요?"

"가끔 이런 기도를 해요.
신이시여, 좋은 일이든 아니든 원하는 대로 주세요.
하지만 그걸 견딜 힘도 같이 주셔야 해요."

밸런스
게임

가끔 이런 상상을 합니다. 내가 죽는 이유와 내가 죽는 날짜 중 하나를 '알 수 있다면' 무엇을 선택할 것인가. 죽는 이유를 알고 대비하는 것이 어쩌면 더 현명한 결정일지 모르겠으나 저는 죽는 날짜를 알고서 책을 미친 듯이 읽어재낄 것 같습니다.

미뤄 둔 것에 미련을 해갈하는 소망이 생기는 건 아닐까요. 선택이 축복은 아닌 것 같지만 내 삶의 가치관을 살짝 엿보는 질문이 아닐까 해요.

당신의 선택은? 어느 쪽인가요.

굳이 하나만 고른다면요.

자존감을 높이는
언어습관 3가지

자존감이란 무엇인가?

자아존중감의 준말이다. 자아존중감이란?

자아 개념의 평가적인 측면으로 자신의 가치에 대한 판단
과 그러한 판단과 관련된 감정

(출처: 심리학 용어사전)

쉽게 말해, 우리가 이해하는 자존감의 정의는 자신을 존중
하고 사랑하는 마음이다. 여기에서 '언어습관'이란, 글을
쓰거나 말을 할 때 행동이 자동화되는 과정을 가리킨.

첫째, 감사합니다-는 많이 할수록 좋으나 죄송합니다는 그렇지 않다.

나는 초등학교 시절 이상한 선생의 가르침을 받은 적이 있다. 내가 숙제를 해오지 않거나 어떤 잘못을 했을 때, 체벌을 받으며 이렇게 하라는 거였다.

"엉엉… 죄송합니다. 잘못했습니다. 엉엉… 죄송합니다. 다시는 안 그러겠습니다"를 반복하며 울면서 싹싹 빌라고 한 것이다. 순진했던 나는 평소에는 멀쩡하게 지내다가 체벌받는 상황이 올 때마다 선생이 하라는 그대로 했다. 선생님 말씀을 잘 들으라고 했으니까. 그렇게 바보같이 착할 필요가 전혀 없는데. 권위에 순종하는 것이 곧 상대에게 굴복하고 나를 잃을 수 있다는 위험을 나는 인지하지 못했다.

그것(죄송합니다 하고 비는 행동)이 중학교 때까지 이어지자 아이들의 놀림은 물론, 당시 체벌했던 선생은 당황함을 감추지 못했다. 나는 무조건 '죄송하다'라고 빌라는 태도에

대한 관념적 이해가 매우 부족했던 거다. 그저 무조건 죄
송해하면 장땡이라고 생각했으니 '죄송'이라는 태도와 '눈
물'을 그때그때 연기했다. 체벌이 끝나면 뚝 그쳤다. 그 당
시 나를 지금 내가 본다면 아마 소름이 돋지 않을까 할 정
도의 메쏘드 연기였다고 자평해 본다.

잘못을 한 나에게 무엇이 잘못이었는지, 무엇을 반성해야
하는지, 무엇을 고쳐서 새롭게 행동해야 하는지를 일깨워
주는 것이 체벌의 본질일 터인데, 어린 나를 무시한, 실로
무식한 선생의 처사였다.

나는 '죄송합니다'라는 말을 반복할 때마다 죄인 코스프레
를 하며 진짜 죄인처럼 살아야만 했다. 나에게 학교는 그
런 곳이었다. 심각한 것은 이 언어습관이 나 개인만 죄인
으로 만든 게 아니라, 나에게 학교라는 공간을 초중고 내
내 감옥으로 인식하게 만들었다는 점이다. 벌써 20년은
더 된 이야기인데, 그때 선생으로부터 '죄송'이 아닌 '감사'
의 태도를 배웠다면 지나온 내 삶이 좀 더 밝지 않았을까
하는 생각도 든다. 아마 스승의 날에 찾아가는 선생님으로

기억되었을 수도.

좋은 스승이나 상사는 나의 잘못에 대해 나무라지, 나에 대해 나무라지 않을 것이다. 나 역시 내가 잘못입니다가 아니라, 어떤 잘못을 했으니 고치겠다가 되어야 한다. 혹시라도 내 존재 자체가 잘못이라고 하는 사람에게서는 최대한 빨리 벗어나는 것이 상책이다.

죄송합니다-(혹은 미안하다)라는 말을 습관적으로 하는 사람들이 많다. 나도 그 버릇을 20대 후반까지도 좀처럼 고치지 못했다. 예의상 죄송합니다-라는 말이라도 차라리 '실례합니다' '양해바랍니다' '송구합니다'라고 할 수 있으면 대체하고, 그것을 '감사합니다'나 '고맙습니다'로 할 수 있으면 대체하는 게 좋겠다.

죄송합니다-를 줄이라는 말이 곧 잘못을 인정하지 말라는 말은 아니다. 정말 잘못을 인정해야 할 때, 적시에 쓰자는 거다. 날 만만하게 보고 '죄송'이라는 태도를 악용하는 이들에 빌미를 주지 말라는 것. 요즘은 자존감에 대한 언급이 흔해져서 이런 언어습관이 잘못되었다는 인식을 바로 하는 사람들이 많아졌다.

미안(죄송)합니다-의 버릇을 절제하자는 게 첫 번째 핵심이다. 습관성 '미안'으로 죄인을 자처하지 말자는 거다. 미안해-라는 말이 순간을 벗어나기 위한 방편(꼼수?)에 불과한 거 아니냐는 여자친구의 오해는 이를 직감적으로 느끼기 때문은 아닐까.

두 번째, 핵심 전제는 '공감'이다. 비판이든 동조든 마찬가지. 나를 포함해 타인의 자존감을 높이는 방법이다. 『어린 왕자』에 나온 말로 널리 알려졌지만, 정작 본문에 없는 명언이 있다.

세상에서 가장 어려운 일이 뭔지 아니?
사람의 마음을 얻는 일이란다.

혹여나 상대의 마음을 한 번에 얻는 방법이 있다면, 그걸 권장하고 싶지 않다. 오히려 초반엔 상대에 대해 합리적

의심이 필요하다고 역설하고 싶다. 순진하게 누굴 마음 놓고 믿을 세상이 아니지 않은가? 그러니 대화의 단계가 있다면, 그 첫 번째가 바로 정서적 교감(라포 형성)을 하기 위해 서로를 오픈하기 전, '스몰토크' 속 가벼운 조크로 긴장을 푸는 게(아이스 브레이킹-이) 아닐까 한다.

생각보다 실없는 농담이 긴장을 적절하게 녹이고 마음을 열게 하는 효과가 있는 걸 많은 모임과 강의와 썸의 경험으로 깨달았다. 상대가 유머나 조크를 수용할 여유가 있는 사람이라면 경계는 사그라들기 마련이다. 나 역시 이 사람에게서 본전을 뽑겠다는 –뭔가 내게 이익이 되도록 한다는 것이 우선되는– 자세가 아니라, 나와 같은 사람이고, 동시에 나와 다른 사람이라는 것을 전제하는 공감 말이다.

대화 상대에 관련한 사안이나 상황, 사태가 당장 심각하지 않은 한, 처음에는 가벼운 농담이 심리적 경계를 허무는 분위기를 형성해 준다. 혹은 상대가 맘껏 자랑할 수 있도록 초반에 판을 깔아 주는 것도 좋겠다. 상담 이론 같은 걸 굳이 들이밀지 않더라도 실제 적용 가능한 사례를 인물로 들어 소개하려 한다. 딴지그룹의 총수 김어준 씨다.

그는 참 재미있는 인터뷰어이자, 능수능란한 방송 진행자다. 일반인에게는 직설적이면서도 특유의 위트로 적절히 감싸 주는 대화법을 쓰는 데 반해, 능구렁이 같은 정치인들을 상대할 때는 들었다 났다 쥐락펴락하는 그의 방송 진행 솜씨는 유쾌하다. 정파를 떠나 이 시대에 유튜브와 지상파의 경계선에 있는 독특한 방송인이란 생각이 든다. 문득 그의 공개석상에서의 언어습관이 궁금했다. 그가 했던 과거의 방송을 쭉 들어보았다. 요즘엔 다시 듣기나 보기를 무료로 편하게 할 수 있는 팟캐스트와 유튜브가 있으니까.

그의 인터뷰는, 시간만 허락된다면 매번 초반에 가벼운 조크를 던지고 같이 웃으며 시작한다는 공통점이 있었다. 상대의 최근 실적이나 대표되는 이력을 툭 던져서 직접 입을 열게 한 다음 자연스레 긴장을 풀어 준다. 이어서 내가 또 한 번 감명 깊었던 것은 그가 인터뷰를 마무리하는 태도였다. 그는 상대에게 자유 발언권을 준다.

'꼭 해야 하는 말이 있는데 하지 못한 게 있다면?', '마지막으로 듣는 분들께, 혹은 특정 인물에게 하고 싶은 말이 있다면?' 허심탄회하게 말하라는 거다. 그런 후 최대한 개입 없이 가만히 들어준다. 하나의 인터뷰 기술이지만, 처음부터 끝까지 상대에게 이입하여 동의·비판·경청한다는 태도를 엿볼 수 있었다. 한마디로 진행자 김어준 씨는 공감 능력이 매우 뛰어난 인물이란 생각이 들었다. 인정하지 않더라도 공감하려는 그 자세(혹은 페르소나)가 진심보다 중요한 태도다.

몇 년 전 방송부터 요즘 하는 방송까지 한결같은 그의 태도였다. 단지 '스킬'로 때운다는 생각이 들 정도의 위선은 그에게서 비치지 않는다. 다만 동의든 비판이든 상대의 입장에 이입하는 과정이 있다는 점, 상식이 있는 상대라면 이를 고스란히 전달받기 때문에 그와의 대화에서 심각한 갈등으로 찝찝하게 마치는 경우는 거의 없었다. 언쟁이 아니라, 사안의 본질에 집중하게 만드는 힘이 있는 거다. 진보적인 기준이 누구보다 확고한 그가 반대 진영 패널의 논리를 잠자코 듣고 있을 때 오히려 흥미롭다.

그는 한 라디오 방송에서 이렇게 말했다.

"방송이든, 누군가든, 어떤 힘 있는 권력이든, 시스템이든 특별히 그걸로 덕 볼 생각이 없어요. 눈치도 봐야 하고, 비위도 맞춰 줘야 하고, 자기 검열을 해야 하잖아요. 거꾸로 내가 있는 그대로 드러나서 내 매력을 알아보고 좋아할 사람들은 좋아해 주고, 싫어하는 사람은 엄청 싫어하겠지만, 어쩔 수 없지 뭐."

김어준 씨는 비교 우위에서 얻는 자신감이 아닌 자신을 객관화해서 인정할 줄 아는 사람, 자신을 있는 그대로 드러낼 줄 아는 자존감이 분명한 사람이다. 상대방을 보는 관점도 마찬가지이다. 그런 태도인 사람에겐 호감을 느낄 것이고, 아닌 사람에겐 나름의 처지를 존중은 하되 호감은 그리 느끼지 못할 것이라 생각한다. 그는 이어서 이런 말도 했다.

가능하면 있는 거 드러내세요.

자기가 부족하면 채우면 되지.

없는 거 있는 척하다 망하는 거거든.

있는 그대로 드러내세요.

그걸 알아보는 사람들이 알아서

당신의 매력을 퍼뜨릴 거야.

잠깐 공감의 객체를 상대가 아닌 나로 돌려 보자. 생각 없는 '아무 말 대잔치'가 아닌 한, 나 자신이 한마디의 문장을 막연하게 고를 때부터 나는 스스로 가장 먼저 영향을 끼치는 동시에 받기 마련이다. 글은 두말할 것도 없이 그 첫 번째 독자가 나 자신이지 않은가?

이 글은 글쓰기와 말하기를 '언어습관'으로 묶어서 전제로 삼았다. 만약 욕이 나오면 이 욕이 나오는 나의 내면을 이해하려고 노력해야 한다. 언어습관에 있어서 공감이란, 나 자신과의 공감은 기본이다. 수시로 들여다보자. 누군가는 이를 마음수련의 한 가지 방법으로 '알아차림'이라는 말로써 강조한다. 내가 어떤 언어를 어떤 상황 속에서 어떤 감정으로 분출하는 찰나, 알아차림으로 통제 혹은 적절함을 유지할 수 있다는 것이다. 인생에서 나 자신조차 나를 알 수 없는 경우가 얼마나 많은가. 평소에 나에 대한 공감능력을 키우기 위해서는 나 자신과의 대화 즉, 왜?라는 질문으로 계속해서 파고들어야 한다.

순서로 보면 그 이후가 타인이다. 상대에게도 이입되어야 함이 핵심 전제다. 이러한 이입은 이해와 함께, '상대 입장에서의 관점'을 가져 보는 것으로부터 출발한다. 그래야 제대로 된 비판을 할 수 있고, 진심 어린 동조가 가능할 테니까. 상대와 나눌 주제나 내용에 집중하기 전에 그 사람을 '사람'으로 대하면 이입은 자연스럽다. 나와 동등한 관점, 대등한 관계에서 출발하는 것이다.

이는 감정이입에만 국한되는 건 아니다. 이 사람이 지금 어떤 사정이 있는 상황-입장(처지)에서 '생각'을 할지도 가늠해 볼 여지가 있다. 아까 언급한 김어준 씨는 이것이 꽤 탁월한 사람이라고 나는 느낀다. 기본적으로 의도했든 하지 않았든 이러한 태도는 상대를 있는 그대로 이해하려는 최소한의 자세이기 때문에, 상대의 자존감을 높여 주는 시작점이 된다.

특히 제삼자의 청중이 있는 인터뷰에서는 그 사람다운 말과 글, 그 사람이 소속되었거나 그 사람이 처한 상황(입장)을 존중하는 태도로 이입하고 질문에 임할 때 청중이 바른 가치 판단을 하는 데 도움을 줄 수 있다고 생각한다. 'OOO당 소속 당원의 입장에서는 그렇게 말하실 수 있지만 (논리적으로 혹은 상식적으로) OOO에 대해서는 이런 비판도 있다는데 어떻게 생각하시나요?' 하는 식이다. 과거 손석희 앵커가 가끔 "판단은 시청자분들께 맡기도록 하겠습니다." 하고 말하는 것 역시 이 같은 맥락과 닿아 있다.

덧붙이자면, 어차피 상대는 내가 어찌할 수 없다. 스스로 깨달음이 없는 한, 내가 타인을 바꾸지는 못한다. 여기에서 중요한 건 사람 대 사람의 '존중'이라는 태도이다. 자존감은 이 존중받는 느낌에서 일어나는 법이니까. 보편적 상황에서는 내가 내 삶의 주체이듯 그 역시도 자기 삶의 주체인 것을 인정하고 대해야 한다. 상대의 주체성을 무시한 채 나와 동일시하거나 대상화하려는 순간 문제는 여지없이 발생한다. 동의가 없는 행위는 배려나 사랑의 얼굴(가면)을 하고서 자칫 자기 결정권을 침해하는 폭력일 수 있단 걸 자각해야만 할 것이다. 내가 대우받고 싶은 대로 행동하면 대우받을 수 있다는 옛 현인의 말씀을 되새겨 본다.

셋째, 긍성의 온도를 가진 언어를 꾸준히 연습하고 사용하자.

"모든 문제는 인간관계에서 비롯된다." 심리학의 거장 아들러의 말이다. 그 인간관계의 긍·부정을 가르는 결정적인 요인은 다시 언어습관에서 비롯된다고 나는 생각한다. 우리가 흔히 인간관계에 있어서 문제가 생기는 본질은 역시 '기대'라는 측면에서 발발하는데, 그것은 곧 '내 그럴 줄 알았다'와 같은 류의 실망감을 내포하는 언어습관을 떠올릴 수 있겠다. 그럴 거면 허튼 기대를 말아야지. 누가 누굴 평가하나?

이렇듯 우리의 인식은 사실과 늘 일치하지만은 않는다. 그걸 헷갈리는 순간 관계는 반드시 틀어지게 되어 있는 법이다. 인식의 틀을 과감히 깨거나, 혹은 적극적으로 활용하는 편이 지혜로운 처사다. 우리는 모두 각자가 인식하는 만큼의 언어습관을 형성하며 산다.

어렸을 때만 언어 공부를 하는 것이 아니다. 나이를 한참 먹고서도 언어 공부는 필요하다. 온도가 맞지 않으면 바꿀 수 있는 말이 있다. 대화에서 가장 좋은 건 상대가 듣고 싶은 말(혹은 비언어)을 적절히 해주는 거다. 꼭 듣고 싶은 말이 아니라 할지라도, 들어도 좋은 말이라면 괜찮다. 그것이 '부정'이나 '비관'이길 바라는 사람은 거의 없다.

내가 자주 사용하는 어휘나 문장을 직접 노트에 '밝음(긍정)' '중간(중립)' '어두움(부정)' 등으로 구별해 적어 보면 좀 더 객관적으로 내 무의식의 영역에 있는 언어습관까지 알 수 있다. 수시 녹음과 메모는 이러한 기록의 방법으로 탁월하다. 좀 더 긍정에 가까운 말을 자주 구사하는 노력이 처음엔 의식적으로라도 필요하다. 한 인지심리학자는 좋지 않은 습관을 고치는 좋은 방법의 하나가 새로운 습관으로 대체하는 것이라고 했다. 또 '습관'이라고 말할 수 있을 정도로 행동이 자동화되기까진 평균 66일 정도가 걸린단다. 이는 역시 꾸준한 반복이 곧 자존감을 높이는 언어습관을 형성한다는 말로도 설명할 수 있겠다.

우리는 말하는 대로 성장한다. 매 순간 부끄러움을 확인해가면서. 나의 말과 글이 상대와 자신의 자존감에 영향을 준다는데, 언어습관을 어찌 소홀히 지나칠 수 있을까.

좋은 관상으로
바꾸는 방법

나는 관상학자가 아니다. 어렸을 적 우연히 읽게 된 관상 책을 호기심으로 탐독한 게 시작이었다. 성인이 되어 첫 대화를 해야 할 때 어색함을 풀기 위해 '관상 봐줄게' 했던 것이 꽤 많은 데이터가 쌓여 버렸다. 특정강력범죄자 얼굴 공개 영상이나 기사에 달린 '관상은 사이언스(과학이다)'라는 우스갯소리 댓글이 웃어넘기기 어려운 이유는 우리가 내심 이에 공감하기 때문이다. 아직도 '내면이 중요하지, 겉모습은 전혀 중요한 게 아니야.'라고 말하는 순진한 사람이 있다면, 그럴 수 있다. 다만 나는 그 사람과 가깝게 지내진 않을 것이다.

한마디로 좋아서 나쁠 건 없으니 자기관리의 일환으로 관상을 보아도 좋겠다. 심상이 관상으로 드러난다니 내면의 거울이 관상인 셈이다. 일단 나는 진짜 관상가가 아니니까 돈을 받고 봐주진 않는다. 인생 상담을 해주며 기분 좋은 조언을 남기는 식이라 모두가 만족한다. 아니 정식 관상가도 아닌데 보는 사람이 그렇게나 많다고? 하면 나름의 데이터를 기반해 좋은 말 위주로 임팩트를 주니까 솔깃한 거다. 순전히 말발이라 하겠다. 행여나 부적이나 굿, 성형을 강요하기는커녕 언급도 안 하니 안심해도 좋다. 새해 토정비결 운세 보듯이 재미로 보고 넘기면 된다.

내가 관상을 봐줄 때 하는 고정 멘트가 하나 있다.

"관상학의 고전인 마의상법에 이런 말이 있습니다. '일변기색은 차청기성(一辨其色 次聽其聲)'이라. 이게 무슨 말인가 하면…"

이렇게 입을 떼면 백이면 백 눈을 반짝이고 귀를 기울인다.

상을 볼 때는 제일 먼저 기색을 살피고,

다음은 목소리를 듣습니다.

이어 정신 상태를 보고,

피부와 살을 봅니다.

이걸 기본으로 알면 좋은 관상으로 바꾸고 유지 관리할 수 있다는 거다. 관상은 바뀌고, 또 바꿀 수 있다. 눈코입귀 등의 부분이나 조화에만 열을 올리지 말고, 관상 때문에 성형할 생각이 있었다면 이 글을 읽고 돈을 굳혀 보면 좋겠다. 단순한 방법이다.

첫 번째, 기색을 좋게 만들자.

'기색이 좋지 않다'라는 말을 들을 때가 언제였는지 떠올려 보자. 잠을 통 못 잤거나 집안에 우환이 있거나 성적이 예상보다 낮게 나왔을 때, 연인과 싸우거나 헤어졌을 때 우린 기색이 나빠진다. 돈 문제가 생겼거나 건강이 좋지 않을 때도 처진 어깨와 숙인 고개, 낯빛 등으로 나타난다. 이때 기색을 좋게 바꾸려면 어떻게 해야 할까? 여유를 갖는 것, 거의 유일한 방도이다. 여유를 갖기 어려운 상황에서도 시간의 흐름, 주변 사람들의 도움, 충분한 휴식 취하기 등을 외면하지 않는다면 기색은 좋아질 수 있다.

여유가 뭐 별건가? 나를 위해 살면 그게 여유다. 나를 위해 산다는 건 좋은 음식 균형 있게 챙겨 먹고, 적당히 햇볕을 쬐며, 운동도 하고, 잘 씻고 잘 자고 잘 싸고, 쌓인 걸 그때그때 잘 풀어내면 그만이다. 현실적인 금융치료를 받아도 금세 없었던 여유가 생긴다.

이 글을 쓰면서 '내가 여유가 없었구나' 하며 느닷없이 내가 보였다. 갑자기 내 피부 상태와 뱃살이 인지되며 뜨끔했다. 글을 쓸 때마다 느끼지만 나부터 잘해야 한다. 그게 '쓸 자격'으로 독자에게 닿기 때문이다. 본래 관상은 누굴 보여주기보다 자기 자신을 관리하기 위한 수단이니 이 자체가 관상의 효용이라고 말하고 슬쩍 넘어가겠다.

관상은 얼굴만 보는 게 아니라 몸 전체의 기운을 다 아울러서 보는 작업이다. 이렇게만 말해도 관상에 내 생활습관과 내 성격이 고스란히 새겨져 있다는 걸 부정할 사람은 거의 없을 것이다. 관상에는 내 역사가 남는다. 청소를 한참 미뤄 뒀다가 한꺼번에 완벽할 정도로 치워 본 적이 있는가. 내겐 잦은 일이다. 이 글을 쓰고 있는 지금은 거의 완벽히 청소한 후라서 당당한 마음으로 글을 쓸 수 있다. 문제는 미루는 날이다. 진짜 해야 할 일이 있을 때 어설프게 대충 치워 놓고 '이걸 언제 다 치우냐' 하며 한숨을 푹 내쉰다. 그때그때 치우는 습관을 들이면 여유가 있을 텐데. 물건의 제자리를 지정해 놓고 나서, 흩트려 놓은 경우엔 지체하지 않고 움직여 정리해야 풍수 인테리어에도 좋다고 하지 않나. 나는 매번 내 방의 상태가 내 마음의 상태와 닮아 있을 때가 많다고 느낀다. 바로 정리해 본 사람은 안다. 찝찝하지 않고 개운한 특유한 기분을. 이 개운한 마음이 여유를 갖게 한다. 여유는 기색을 좋게 한다.

두 번째, 목소리를 관리하자.
목소리는 그 사람의 분위기를 형성하는 첫 번째 얼굴이다. 탁한 목소리보다는 맑은 목소리, 웅얼거리는 목소리보다는 자신감 넘치는 목소리로 당당하고 멋진 자신을 표현할 줄 알아야 한다. 고쳐지지 않는 탁한 목소리라면 다른 기운을 더 좋게 관리하면 된다. 본래 탁하지 않았는데 탁해진 목소리는 지금 내 컨디션을 잘 조절해야 한다는 신호로 받아들여도 좋다. 기운을 퍼뜨리면서 좋은 기운을 받아 내는 기관이 목과 입이라고 보고 목소리 관리에 신경을 써보자.

평소 물을 조금씩 자주 마시는 습관을 들이자. 대화를 할 땐 내 부족함을 인정하며 배우고 이해하려는 자세를 취하자. 누굴 만나러 가기 전이나 집에 혼자 있을 때 입술을 푸르르르르- 풀고, 턱 관절을 풀고 발성 연습과 복식호흡을 해보자. 가수나 아나운서도 아닌데 왜 하느냐고 반발하지 말고 좋은 게 좋은 거니 습관을 들여서 목소리 다듬기를 해보는 거다. 내 인생에 행운을 불러오는 의식이라 생각하면 저절로 하게 된다. 돈도 안 드는데 안 할 이유가 없다.

목에 좋다는 음식을 챙겨 먹어도 좋지만, 실질적으로 관리하는 방법이 있다. 내 목소리를 수시로 녹음해서 직접 들어 보고 말할 때 서투르게 하는 발음이나, 자신도 모르게 내는 습관이나 흥분할 때 나오는 버릇을 인지하고 조금씩 바꿔 보자. 주변 분위기에 생기가 도는 목소리, 신뢰감을 주는 목소리, 주목을 이끄는 목소리 등으로 자신의 스타일을 정립해 연습해 보길 권장한다.

끝으로 정신상태와 피부, 살을 순차로 본다.

이건 감정관리와 피부관리, 건강 및 안전관리와 밀접하게 연관된다. 이것의 기초는 잘 자고, 장 관리를 잘하는 것과도 깊은 관련이 있다. 여기에서 길게 다루기엔 의학 영역이니 생략하겠지만, 무엇을 우선 관리할지 알았다면 이 글은 의미가 있겠다. 단순히 눈 코 입 귀 이마 턱만 가지고 보지 말고, 격을 높이고 심상을 관리하는 것부터 시작하자. 당신의 관상은 반드시 더 좋은 쪽으로 바뀔 것이다. 믿어도 좋다.

책을 쓰고
싶다면

책을 쓴다는 건 단순히 문장력의 문제라고 생각하지 않는
다. 무엇인가 뜨겁게 혹은 차갑게, 글 쓰는 자신 안에 먼저
쌓여야 하기 때문이다. 뭔가를 '쓰고 싶다'라는 생각이 든
다는 건 그만큼 차올랐다는 방증이다. 넘쳐흐를 것 같다는
말이다. 배우 김혜자 씨는 tvN 〈유퀴즈〉라는 예능프로그
램 인터뷰에서 자신의 책 『생에 감사해』를 소개하며 말했
다. '60주년이라서' 에세이를 쓴 게 아니라 '쓰고 싶어서'
쓴 거라고.

"뭔가를 쓰고 싶었어요."

"연기하면서 배운 것들과 추구해 왔던 것들에 대해."

"나를 정리하는 게 필요할 것 같았어요."

김혜자 배우에 관해 이야기하려는 건 아니다. 그의 말에 얻은 영감을 토대로 글쓰기 강사로서 책 쓰는 일에 관해 이야기하고 싶다. 만약 이 글을 읽는 당신이 죽기 전 언젠가든, 올해 안이든 책을 꼭 쓰고 싶다면 가장 먼저 할 일이 있다고.

'할 말'을 쌓아 두는 일.

난 이미 버린 몸이야. 틀렸어. 내가 무슨 책을 써. 나이도 너무 많아가 아니라, 넘쳐서 뭔가를 쓰지 않고는 못 배길 때까지 더 좋은 것으로 끊임없이 채우면 된다. 멈추지 않는다면 시간은 충분하다.

과연 어떤 것이 책으로 쓸 만큼 '더 좋은 것'일까? 책에서 할 말이란 혼잣말이 아니라 독자에게 해줄 수 있는 말, 즉 자격이 있는 말이어야 읽을 가치를 갖는다. 본격적으로는 원고로 정리를 해서 한눈에 보일 만큼 할 말을 쌓는 작업이 필요하다. 시간이 쌓였다고 해서 글을 누구나 쓸 수 있는 것도 아니니까.

'내가 살아온 이야기를 책으로 쓰면 장편소설 수십 권 분량이지' 하는 사람들도 막상 일대기를 정리해 보면 단편소설 한 권 분량조차 안 되는 경우가 허다하다. 경험이 없는 것도 아니고 자기 삶의 역사를 이만큼이나 쌓아 왔는데, 왜 정작 책으로는 분량이 안 나오는 걸까? 간단하다. 내 삶이 독자가 읽을 가치가 있는 삶이라고 의식하여 각을 잡고서 정리해 본 적이 없기 때문이다. 대개는 자신에게 취해서 자기 세계에 갇힌다. 상당 부분 생략해 버리기 일쑤다. 자기 복제와 동어반복에도 취약하다. 그래서 출판사에 에디터(편집 담당자)가 존재하지만, 저자가 능력 미달이라면 손댈 수조차 없다.

분량의 차이는 관점의 차이다. 저자의 관점이 있어야 한다. 내가 쓰고 싶은 것 위주로, 하고 싶은 말만 하는 건 한계가 있기 때문이다. 아주 유명하거나 인기가 있지 않은

한 내 이야기에 대중은 관심이 없다. 제목을 잘 지으면 된다거나 대형출판사와 계약하면 되는 거 아니냐 할 테지만 그게 통하는 것도 행운의 영역이고, 보장은 누구도 못 한다.

분량의 차이를 판가름하는 관점이란 누군가에게 필요한 말, 불편을 해소해 주는 콘텐츠, 누군가가 갖고 싶은 책을 편집하는 능력의 기초이자 동시에 출판시장을 바라보는 시각을 말한다. 문학작품이 아니라면 문장의 유려함은 차순위의 문제이다. 모든 강사가 5분마다 웃음을 터뜨리는 말솜씨를 가진 달변가일 필요가 없고, 전달력만 있다면 발성이 꼭 아나운서 같지 않아도 괜찮은 것처럼, 작가 역시도 1순위 조건이 문장력은 아니다. 최소한의 기본, 맞춤법과 주술호응 정도만 맞고, 상식적으로 시대적 윤리에 크게 어긋나지만 않아도 자기만의 생각을 정리할 수 있다면 책쓸 역량으로는 충분하다.

광화문 교보문고. 그 어지럽도록 큰 서점에 가보면 보인다. 베스트셀러 매대에 펼쳐진 책들과 저 구석에 꽂힌 책들이 같은 주제인데도 차이를 보이는 이유. 콘텐츠는 좋더라도 다양한 변수가 존재한다. 제목과 디자인부터 끌리게 만들지 못했거나 비슷한 시기에 압도적 우위의 상품성 경쟁에서 떨어져 나갔거나 반대로 닮은 꼴 책이 함께 나와 고만고만해 보였거나 당장 지갑을 열 만큼 갖고 싶은 마음이 들지 않도록 만들었을 확률이 높다. 혹은 당장 필요해 보이는 매력이 없거나 독자가 보았을 때 책의 신뢰도가 떨어진다고 느껴지면 선택에서 밀려 한순간에 순위권 밖으로 확 밀려나기도 한다.

물론 잘 팔렸다고 해서 무조건 잘 쓰고 좋은 책은 아닐 것이다. 안 팔렸다고 해서 그 반대도 역시 아니지만, 잘 팔린 책 중에서 좋은 책이 많은 건 엄연한 사실이다. 온갖 마케팅 술수가 난무하고 운이 작용했더라도 시장의 평가는 냉정하게 보아야 맞다. 아무리 '저딴 게 무슨 베스트셀러야.' 했던 책도 알고 보면 시장에서 살아남은 이유가 다 있다. 대중에게 선택되어 떠오른 책은 개인적으로 동의할 수 없다 해도 책을 쓰고자 하는 사람이라면 인정해야 하는 지점이 분명 있다. 책이 살아남은 자체만으로도 화두를 던져주기 때문이다.

SNS 프레임 사이즈 안에 몇 글자 글귀 이미지로 짧은 호흡이 유행했던 시절도 있고, 제목 하나에 너도나도 앞다투어 산 책도 있다. 인문학 열풍에 고전이나 철학책이 급부상한 시절도 있었다. 저자나 책이 영향력 있는 미디어에 노출이 되어 책이 잘 나가는 경우엔 사람들이 책을 사는 기준이 거기에 있는 것이다. 그래서 책 좀 산다는 사람들은 김영하 작가의 말이 더 공감을 사는 건지도 모른다.

"책은요, 읽을 책을 사는 게 아니라, 산 책 중에 읽는 거예요."

드라마 〈재벌집 막내아들〉에서도 이런 대사가 나왔다.

"사람들은 쇼핑을 할 때 필요한 걸 사는 게 아니라, 갖고 싶은 걸 사."

책도 결국엔 구매로 이어져야 살아남는 상품이다. 출판사와 저자가 먹고사는 생산품이자 소비자의 기호를 반영해야 하는 소비재다. 소유하고 보관한다는 가치가 있다고 해서 이걸 이해하지 않고 고상하게만 생각한 채 책을 낸다면? 아까운 나무를 배려하지 못한 한낱 종이 뭉치로 전락할지 모른다. 그렇다고 너무 책을 수단으로만 생각해서 강사의 팸플릿 정도로 배포하는 걸 옹호하는 건 아니다. 극단적이지 않은 시장성의 반영. 책을 쓴다는 것은 그런 거다. 내 책이 안 팔렸던 혹은 잘 팔렸던 과거 덕분에 베스트셀러의 비결을 얕게 분석해 보면 이렇다.

작가만의 서사가 있거나 상황에 딱 떨어지는 제목이 눈에 띄는 경우. 시대가 말하는 것 혹은 이 시대에 듣고 싶은 걸 잘 포착했거나 마침 흐름을 탄 경우, 다양한 행운이 따른 홍보 마케팅 성과까지. 내용이 좋고 문장의 기본이 갖춰져 있는 건 '글쓰기'의 영역에 속해 있지만 '책쓰기'는 시장을 염두에 두지 않으면 꿈도 책도 사장되고 만다. …라고 말하는 내가 쓰는 이 책은 얼마나 팔릴까마는.

'언젠가' 책을 쓰고 싶다면 이런저런 잡념 따윈 다 집어치우자. 책은 누구나 쓸 수 있다. 아무나 팔 수 없을 뿐, 그저 '아무나'에서 그치지 않고 싶거든 쉬지 않고 읽어야 한다. 동시에 쉬지 않고 써야 한다. 요즘처럼 숏폼과 요약본이

판칠 때는 잠자코 읽는 일보다 수시로 쓰는 일이 더 수월하다. 그냥 당장 종이 위든 메모장 앱을 켜든 해서 뭐라도 쓰면 될 일이다.

Write Now!

유명해지고 싶은
이유

나(이동영)는 유명해지고 싶다. 직업적·존재적 소명을 채우고 유지하려면 개인 또는 소속 조직의 영향력이 있어야 한다. 영향력이 있다는 건 무엇인가. 내가 한 말이 어떤 방식으로든 전달되어 내 메시지에 귀 기울인 타깃으로 하여금 세상을 변화시킬 힘을 발휘한다는 의미다. 누구처럼 막대한 권력을 잡아 교묘하고 무식하게 휘두르는 거 말고.

기본으로 실력과 매력을 갖추고서 '유명'해져야 내 꿈에 의미가 있다. '일단 유명해져라. 그럼 똥을 싸도 박수를 친다.'라는 현대미술의 거장 앤디 워홀의 말은 그럴듯하게 와전된 것임에도 사람들이 공감하는 이유가 여기에 있다. 이런 메시지를 오래전부터 글로 기록해 왔는데, 조진웅 배우가 최근 인터뷰(tvN 유퀴즈)에서 비슷한 맥락의 말을 하는 걸 보고 반가웠다.

"많이 유명해지고 싶었거든요. 돈 많이 벌고 잘 살고 싶었다 이 얘기가 아니라, 하고 싶은 이야기를 유명해지지 않으면 못 해요. 지금의 현실을 비판할 수도 있고, 더 나은 삶을 제시할 수도 있으니까요. (배우로서 유명해진다는 건) 그런 소명을 가지고 역할을 하는 것이 아닐까."

배우로서 남다른 그의 행보가 이해 가는 대목이었다.

조진웅 배우는 영화 〈암살〉에서 독립군 역할을 맡았고, 〈대장 김창수〉에서는 김구 선생을 연기했다. 이후 홍범도 장군 유해 봉환식에서 대통령 특별사절단으로 국민대표 자격을 부여받아 국가 행사에 참여했다.

지금은 비록 평범할지라도 나 역시 조진웅 배우처럼 소명을 이어 가고 강화하는 유명해질 계기가 곧 있을 것이다. 고지식하고 웃긴다고 볼지 모르지만, 나는 매일 유명해질 준비태세를 갖추며 산다. 실력과 매력과 기본 도덕·윤리적 양심까지 지켜야 유명해질 기회가 왔을 때 잡을 수 있으니까. 먼저 우르르하고 신호등 빨간 불에 사람들이 막 건너가도 난 대쪽같이 무단횡단을 안 한다. 누가 시비를 걸거나 무개념으로 들이대도 최대한 피하거나 (상종을 안 하거나) 말이 통하는 상대라면 할 말은 다 하되, 평화적으로 풀기 위해 노력한다. 웬만하면 연애든 사회생활에서든 갈등을 수습하고 부정적 이슈를 잘 마무리한다. 요즘 연예계나 스포츠계에서 자기 분야 실력파들이 뜨자마자 과거 학폭 사실 등이 언론에 밝혀져 대중의 뭇매를 맞는다. 팩트 체크를 제대로 한다는 전제하에 딱 좋은 선례다. 이왕이면 어설프게 유명해지고 싶진 않기에 무명시절부터 개념과 상식을 지키며 적도 만들지 않고 사는 거다.

내가 가진 개념과 철학을 상식적으로 지키다가 기회를 잡으면 대중도 사로잡을 수 있다고 본다. 자신 있다. 나는 아주 솔직하고 냉철한 사람이면서 스스로 부끄럽지 않도록 살기 위해 오늘도 최선을 다하는 사람이라고 자부한다. 실력과 매력이라는 기본을 소홀히 하지만 않는다면 인생의 기회는 몇 번이고 또 찾아온다고 확신한다. 시간문제이고, 기회를 붙잡아 내 것으로 소화해 내느냐가 관건일 뿐.

조진웅 배우만큼의 레벨 이상이 되진 못할지라도 좋은 이미지로 유명해지길 감히 꿈꾼다. 내가 더 많은 이들에게 쓸모 있는 영향력을 갖출 날을 기대한다. 지금은 주어진 내 자리에서 묵묵히 최선을 다하고 있다. 겨우 30대 후반인 나인데, 기대수명 120세를 전망하는 시대에 이제 1/4 왔다고 생각하면 조급할 필요도 없지 않겠나. 대체 불가능한 매력을 쌓아 가면 된다. 내 치밀한 브랜딩 전략보다는 나를 사용하는 사람들과 여백을 채워 주는 수용자들의 몫이 더 클 테니 불안해할 것도 없다.

전도연 배우가 〈tvN 유퀴즈〉 인터뷰에서 한 말과도 맞닿아 있다. 그녀는 선택받는 직업인 배우로서 '소모 당하고 싶다'라면서 더 다양하게 경험하길 원한다고 했다. 새롭게 발견될 자신이 궁금하고, 보고 싶다는 표현을 썼다. 이미 유명할 대로 유명한 그녀가 한 말이지만 나는 그녀를 닮고 싶다. 명성은 명성 그 자체에 집착할 때 가치가 있는 게 아니라, 자기 분야에서 활약할 선택의 폭을 넓히는 수단일 때 활용 가치가 있다는 말이니까. 나도 내 분야에서 한 명의 직업인으로서 잘 '소모 당하고' 싶다. 내 실력을 맛보고 싶어 하며 내 편을 드는 이들에게 더 나은 영향력을 끼칠 그날을 꿈꾸어 보며.

물어
본다

코미디언 안영미는 과거 코미디 여자 부문 대상을 받으면서 이렇게 말했다.

"요즘 제가 여러분을 웃겨 드리지 못해서 너무너무 죄송했었거든요."

이 말은 진심이었다. 영상으로(〈tvN D ENT〉 유튜브) 보면 안다. 예상치 못한 수상에 차오르는 눈물이 왈칵 쏟아져 준비하지도 않은 마음의 소리가 나왔다는 걸. 이 말을 듣고서 나도 눈물을 흘렸다. 바로 내 직업을 돌아보게 됐다. 내가 강의를 처음 시작한 이유.

안영미 코미디언이 '대중을 많이 웃기고 싶다.' '나로 인해 대중이 많이 웃었으면 좋겠다.'라는 바람과 책임감이 있듯 글쓰기 강사인 나에게도 미션(사명감)이 있었다. '글 쓰는 사람이 많아졌으면, 글쓰기로 스스로 도움을 얻고 타인에게 도움을 주는 사람들이 많아지면 좋겠다.'는 바람과 책임감. 내가 역할을 한다면, 더 많은 이들이 글쓰기라는 자기표현 도구의 사용법을 기초부터 익혔으면 했다. 돈이 적게 들기에 접근성이 높은 글쓰기는 누구라도 당장 시작하기 쉬운 장점이 있다. 시작과 지속을 어려워하는 초보자의 시점에서 재미있게 강의할 자신이 내겐 있었다.

제일 큰 우선순위 동기이자 최종 목적은 궁극적으로 이 미션을 이뤄내기 위함이었다. 프리랜서로 강의를 시작하기 전, 퇴사하며 나는 다짐했다. 적어도 나에게 미안한 사람은 되지 말자고. 나에게 부끄럽지 않기 위해서라도 이 미션을 한시도 잊지 않는 태도만은 잊지 말자고 말이다. 직장인이 아니라 직업인. 직업인을 넘어서 내 존재감이 필요한 곳이 있다면 시작한 이상 그들에게 미안하지 않게 미션을 수행해 가는 태도. 안영미 코미디언이 내게 준 감동적인 한마디 덕분에 대상 수상이라는 성과보다 사람이 더 커 보였다.

저 수상소감은 코미디를 하며 사는 내내 반복해 던진 물음의 결과라고 생각한다. 직업적 고민이 아니라 생의 고민이며 존재의 고민이 그 원천으로 감히 추측한다. 저 한 장면 덕분에 울기까지 한 내가 내린 결론. 지금보다 더 나은 삶을 위해서는 나 역시 이 질문들을 멈추지 않고 계속 던져야 하겠다.

나는 무엇을 위해 사는가?

나는 무엇을 누구에게 미안해하며 사는가?

나는 무엇을 위해 이 일을 하는가?

사인(Signature)을 만들던
마음으로

연예인들이나 인지도를 얻은 유명인들의 일화 중에 심심치 않게 등장하는 에피소드가 있다. '사인 만들기' 이야기다. 어렸을 적 '나는 나중에 유명한 사람이 되어서 요렇게 사인을 해줄 테야.'라고 사인 만드는 연습을 해봤다는 거다. 그저 결과론적으로 치부하기엔 이건 매우 강한 자기 암시의 성과라고 본다. 이런 격언도 있지 않은가.

무언가 되고 싶다면 이미 이룬 사람처럼 행동하라.

이에 나는 전적으로 동감한다.

건방져지라는 게 아니라, 당당해지라는 거다.

오만해지라는 게 아니라, 담백해지라는 거다.

무례해지라는 게 아니라, 솔직해지라는 거다.

그럼 여유로운 아우라를 뿜게 된다. 여유로운 기운을 가진 사람은 본능적으로 끌리는 법이다. 반대로 조급한 느낌을 주는 사람에겐 좀처럼 끌리는 매력을 갖기가 어렵다. 방법이 있다. 이미 성취한 미래의 내가, 꿈꾸는 현재의 나를 바라보는 시점을 갖는 것이다. 이는 '지금 여기에(Here and Now)' 있는 내게 집중하고 나를 변화시키는 데 주요하게 작용한다. 이 개념을 더 구체적으로 풀어보기 위해서 내 사례를 하나 들어 보겠다. 내가 '작가'가 될 수 있었던 비결 말이다.

나는 '타칭' 작가가 되기 전부터 '자칭' 작가였다. 다르게 생각했다. 내가 규정하는 '재정의'가 우선순위라고. 세상을 바라보고 움직이는 주체는 나라고. 세상이 규정하는 것은 그대로 존중하지만 길이 과연 하나만 있는 걸까?라는 질문에 나는 '아니'라고 확신했었다. 그 근거라면 빠르게 바뀌어 온 시대 흐름에 있다. 그럼 이 시대에 '작가'란 뭐지? 신춘문예 등에 등단해야만 꼭 작가인 걸까? 책을 출간해야만 꼭 작가인 걸까? 베스트셀러로 인지도와 인기를 얻어야 하나? 작가협회에 회원이 되면 비로소 진짜 작가가 되는 걸까? 과거 고상하고 권위적인 작가의 느낌은 이 시대에 하나의 부류일 뿐, 전부를 차지하지 않는다. 세상이 바뀌었기 때문이다. 수준이 낮아진 게 아니라, 문턱이 낮아졌고 문이 많아졌다. 거창한 듯 보이지만 단순하다. 이 거대한 세계의 문을 여는 열쇠를 갖는 건 자신의 재정의로부터 시작한다고 나는 믿었다.

매일같이 꾸준히 글을 쓰되, 독자가 있으면 누구나 작가다. 이게 『너도 작가가 될 수 있어』에서 '작가'의 속뜻이다. 독자가 있다는 건 용기 내어 글을 공개했다는 것이고, 꾸준히 쓰는 만큼 독자가 꾸준히 읽는다는 건 읽을 만한 글을 쓴다는 방증이다. 먼저 나는 글을 올리는 모든 SNS 채널 닉네임을 설정할 때, 내 이름 앞에 '작가'를 붙여 온라인에선 모두가 나를 그렇게 부르도록 했다. 프레임이었다. 물론, 나부터 나를 그렇게 부르고 소개하는 건 기본.

'이동영 작가'입니다.

아무리 생각해 봐도 비법이나 비결이라면 이것이 유일하다. 재능도 돈도 아니었다. '꾸준함'이었다. 계획적으로 뭐가 착착 이뤄졌다기보다는, '하다 보니' 어떤 지점에서 잭팟이 터졌다는 말이기도 하다. 이것저것 무모하더라도 도전하고 수습하다 보니 하나 얻어걸렸거나 운이 좋았거나 꾸준함의 보상으로 신의 선물인지도 모르겠다. 불과 20대까지만 해도 내가 프리랜서 글쓰기 강사로 독립하여 지금처럼 하고 싶은 일을 하며 살리라곤 상상하지 못했으니까.

처음부터 뭐가 잘 될지 다 알 수 있는 사람은 세상에 없다. 있다면 그 사람은 늘 성공만 하는 사람일 테다. 그런 사람은 없다. 실패든 뭐든 부단해야 하고, 쌓인 노하우로 나름의 전략을 가지고 그때그때 시대적 상황에 발맞춰 접근할 뿐이다. 나는 지금 작가만이 아니라, 글쓰기 강사로서 돈을 벌며 산다. 미리 그 길을 걸어 보았고, 벽에 문을 뚫어 열어 본 선생으로서 방향을 가리켜 주는 강의를 한다. 세상에 없던 대단한 걸 가르치거나 진리를 설파하는 게 아니라 경험을 공유한다. 내 경험은 완벽한 계획을 가르쳐 주지 않았다. 태도를 정립하는 데 일조했다. 내 강의에서도 첫 번째 시간에 글쓴이의 태도를 강조한다. 내가 알고 있지만 미처 생각지 못한 것들을 강의로 배우고 나면 '설명'이 된다. 다시 말해, 나름의 전략을 구축하는 데 도움을 준다는 말이다.

당신도 작가가 될 수 있다.
원한다면 강사도 될 수 있다.

어린 시절 훗날 자기 모습을 그리며 사인을 만드는 순수한 마음으로, 마치 이미 작가가 된 것처럼 꾸준히 블로그나 브런치스토리 등에 글을 공유한다면- 이제 남은 건 시간문제다. 진정 작가가 되고 싶다면 '언젠가는…'이라든가 '나중에 한 번…' '죽기 전에…'라는 말 따윈 부디 거두길 바란다. 당장 블로그나 브런치스토리부터 시작하길 권장한다.

온라인 플랫폼에 글쓰기로 나를 드러내는 일은 완전한 '정답'은 아니어도 높아 보였던 벽이 열리는 문으로 보이기 시작하는데 '해답' 정도는 확실히 된다. 아마도 실패할 것이다. 거의 불가피한 절차다. 마음은 비우고 길게 두고 봐야 시행착오라도 의미가 있다. 최소한 이동영 작가가 계속 글을 쓰고 강의와 방송에 나가는 기반을 다진 비결은 온라인에 글을 자꾸 올렸던 게 전부다. 내가 명확한 목적과 목표를 가지고 온라인 채널을 운영한다면 사인할 일은 머지않아 생긴다.

나를 잘 알리는 만큼 돈이 되는 시대를 우리는 살고 있다. 더도 말고 덜도 말고 사인을 만드는 마음가짐만 있다면 할 수 있다. 작가나 강사에만 한정하는 이야기가 아니다. 내가 바라는 꿈이 있다면 뭐든 가는 길은 비슷하다. 지름길은 없다. 더 빠른 길은 어려운 일에 기꺼이 도전하고 좁은 문을 택하는 것뿐이다. 이미 이룬 사람처럼 상상해 보면서 난관을 하나둘씩 통과하는 거다.

훗날 내가 누군가에게 사인을 해주는 사람이 된다면 나는 지금 어떤 일을 하고 있을까? 꼭 유명인의 사인 말고도 계약서에 사인하는 최종 경영자(CEO)가 될지도 모를 일이다. 아직 심플한 수준의 사인이라면, 멋진 나만의 시그니처를 만들어 보자. 자유롭게 상상하면서.

당신은 결국 당신이 바라는 사람이 될 것이다.

철든다는
말

1.

'철이 든다'는 말은 순우리말이다. 나무들이 제철이 되면 잎을 내고 꽃을 피우듯이 '철이 드는 때가 있다'는 어원을 품었다. 철이 든 사람은 꽃을 피운다. 고유한 향기를 내고 저마다 열매를 맺는다. 점점 자연과 가까워지기에 계절의 변화도 잘 느낀다. 하루하루 시간의 변화도 함께 느낀다. 그런 철든 사람에게 시간은 귀해서 계획하지 않고는 못 배긴다. 자기 인생의 목표를 향해 내달리는 사람들은 대개 철이 들었다. 짧은 '순간'에 휩쓸려 매몰되기보다 긴 시기의 '기간'을 두고서 자신이 주체적으로 유영해 흘러간다.

주변의 사소한 변화에 감탄하고 감동하며 개념을 상식적으로 탑재한 채 감사할 수 있다면 '철이 들었다'라고 말해도 좋겠다. 이치를 구별하는 사람이니까.

2.

내가 느낀 철든 사람의 공통점이다. 변화에 민감하기에 인간 사이에서도 지혜로운 공감능력을 발휘한다. 자기 이야기만 내세우기보다 상대의 이야기에 더 시간을 내어 귀 기울인다. 소통할 땐 답변을 목적에 두지 않고 이해를 목적에 둔다. 상대의 가면 속에 감춰진 고통이 오롯이 느껴지면 말없이 듣고 토닥여 준다. 민낯마저도 아무렇지 않게, 그대로의 모습이 부끄럽지 않게, 자신의 기운을 기꺼이 나눠 준다. 곁에서 자기 존재의 온도로 지켜 준다. 타자의 고통에 공감하는 여유가 있다. 자신은 고통이 전혀 없어서 생긴 여유가 아니다. 그 고통을 겪는 개별의 사연을 타자를 중심으로 이해하기 때문이다.

3.

『중용』14장에는 射有似乎君子 失諸正鵠 反求諸其身(사

유사호군자 실저정곡 반구저기신)이라는 공자 말씀이 나온다.
"활쏘기는 군자와 비슷한 점이 있다. 화살이 과녁의 정곡
을 맞히지 못했다면 돌이켜 자기 자신에게서 원인을 구
한다."

나는 요즘 합리화를 절제하고 객관화를 의식하는 연습을
수시로 한다. 자신을 스스로 들여다보는 일은 세상에 내
색깔을 내기 위한 첫 번째 과정이란 믿음이 있다. 이는 세
상에서 내가 남들의 시선에 휘둘리지 않도록 돕는다. 결
핍과 상처, 낮은 자존감이나 우울감 같은 감정에 휩쓸리
지 않게 나를 사실 그대로 인정하는 과정이다. 그때 비로
소 여유가 생기고 날 비난하지 않는 내 탓으로 귀결짓기가
가능하다. 숱한 실패 앞에서도 무너짐 없이 새로운 시작을
거듭하고 계속 전진할 수 있는 비결이 된다. 진짜 실패하
는 사람은 자주 넘어지는 사람이 아니다. 아예 멈춰 버리
는 사람이다.

영원히 철들기 싫다고 생각한 시절이 있었다. 그건 다른
개념의 철듦을 정의했기에 그랬다. 철듦이란 특별히 나이

에 갇히라는 말은 아닌데 타인의 잣대나 사회적 편견의 알람인 나이에 집착했었다. 그저 세상에 순응하고, 나를 잊은 채 차려진 규정에 부품처럼 나를 잘 끼워 맞춘다는 의미의 철듦이었다. 이젠 내 정의가 달라졌다. 철이 든다는 건 계절의 변화를 투명하게 느끼며 꽃을 바라보는 여유였다고. 물기 어린 공기나 고즈넉한 노을을 한참이나 느껴보고, 온몸으로 그리움의 시를 쓰는 인간이 되는 것이었다고. 동시에 내 일에 최선을 다하며 담백하고 당당한 것이면서 주변을 돌아보는 분별 있는 삶이 인간 도리에 맞는 취지(=理致)의 철듦이 아닐까.

싫은 건
분명히

나와 가장 오랜 시간을 보내는 고양이 '다행이'는 나를 인간 이동영답게 만들어 준다. 그건 다행이가 고양이다운 덕분이다. 아니 고양이도 다 똑같지 않으니까, 다행이답다라고 하는 게 맞겠다. 다행이는 '다행이로서' 산다. 꽃을 두고서 '꽃답다, 꽃스럽다'라고 굳이 말하지 않듯이 다행이도 그저 다행이로서 온전히 존재할 뿐이다.

나에게 약간의 거리를 두고서라도 껌딱지처럼 종일 붙어 있는 다행이란 녀석은 시크하다. 내가 오라고 할 때는 안 오고, 자기가 오고 싶을 때만 '냐아옹' 하면서 꼬리를 치며 온다. 내가 바닥에 나란히 누워서 자꾸 쓰다듬으려 하면 녀석은 가장 꼭대기에 점프해 올라가 나를 내려다본다. 고양이 전용 바디 티슈로 몸을 닦아주기라도 하면 녀석은 자기 혀로 다시 처음부터 구석구석 제 몸을 그루밍한다.

다행이는 자주 발라당 배를 보이고 눕는데, 만져 달라는 게 아니라 편안한(기분 좋은) 상태라는 걸 나에게 보여 주는 바디 랭귀지다. 그때, 다행이 배를 손으로 만져 주면 녀석은 바로 앙- 하고 이빨로 물어 버린다. 세게 상처를 내려고 무는 게 아니다. 배를 만지는 게 싫다는 걸 알리는 정도로 무는 '시늉만' 한다. 전혀 아프지도 않고, 상처는커녕 약간의 자국조차 남지 않는다. 그러고 나서 자신이 물었던 내 손의 그 지점을 혀로 날름날름 핥아 준다. 싫어하는 걸 분명히 표현하되, 관계의 선은 지키는 것이다.

이런 고양이, 세상에서 하나뿐인 다행이를 보면서 나는 '내가 싫어하는 것'이 무엇인 인간인지 한참을 생각했다. 인간 이동영으로서 싫어하는 것. 그건 바로 다른 시선을 신경 쓰느라 잊고 살았던, 내가 그어 놓은 '선'을 다시 발견하는 일이었다.

오랜만에 만났을 때 삶을 부쩍 업그레이드한 지인들을 보면 하나같이 비슷한 점이 있었다. 본인이 '싫어하는 것'을 분명하게 해서 자신으로서 삶을 개척한 모습이었다. 다시 전처럼 가난해지는 게 지독히도 싫어서 돈을 악착같이 모으고 투자해 알부자가 된 분. 시스템 없는 작은 회사에서 주말까지 붙잡혀 대책 없이 일하는 게 싫어서 세계적 기업에 취업해 자리 잡은 분. 더는 연애로 방황하며 상처받는 게 너무 피곤하고 끔찍이도 싫어서, 결혼하고 정착해 애도 낳아 열심히 사는 이까지. 그들의 소프트웨어 업그레이드는 한순간 로또 당첨 같은 것이 아니었다. 싫은 것이 지배하는 삶의 반복을 그치고서 자기다움을 정확히 지향하기 시작했고, 지난한 과정을 거쳐 끝내 성취했으며 지금도 지속하고 있다.

나는 다행이와 지인들을 보며 깨달았다. 나와 내 주변 환경을 바꾸는 가장 좋은 방법이, 내가 싫어하는 것을 분명하게 하는 일이란 걸. 그것이야말로 주체적으로 사는 비결이었다. 나 역시 스스로 솔직해지는 과정이 필요했다. 그렇게 나는 내가 싫어하는 사람, 나를 힘들게 하는 환경에서 머물지 않기 위해 '무엇을 해야 할까?' 하는 질문을 던지기에 이르렀다.

먼저 관계를 정리했다. SNS를 하며 자꾸 인정 투쟁하는 내가 싫어 페이스북 친구를 몇만여 명에서 0명으로 만들어 버렸다. 내 글에 달린 악플러의 댓글을 전부 삭제하고, 신고 조치했다. 오랫동안 함께 했지만 내 감정을 힘들게 하는 사람과 관련한 모임도 끊어 버렸다. 처음만 불꽃같고 시간이 지나면서 코드가 맞지 않는 사람과의 지친 연애도 마무리를 지었다. 회사도 그만뒀다. 자기소개서를 쓰는 일도 멈추고, 나에게 툭 하면 상처를 준 사람들의 연락도 전부 차단했다.

나다움을 위한 모든 끝이 나의 다음을 만드는 법이라고 믿었다. 그 새로운 시작은 내가 진짜로 원하고 좋아하는 것이어야 했다. 개인 페이스북을 끊은 대신 브런치스토리를 시작한 것이 1만 구독자로 이어졌다. 관계 정리는 내가 어려운 시절 나를 도와준 몇몇 소중한 친구를 추리는 계기로 이어졌고 새로운 사람을 만나는 모임으로 이어졌다. 퇴사는 프리랜서 작가와 강사로서 독립해 자리 잡은 지금의 내 모습으로 숙명이었다는 듯 이어졌다. 입사 동기에 자소설을 쓰는 취준생의 모습, 겨우 입사해 내 성향과 맞지도 않는 조직 생활에 매번 나를 끼워 맞춰야 하는 직장인의 모습은 이제 내 일상엔 없다.

모든 게 새로워졌고, 갈수록 나다워졌다. 내가 싫어하는 걸 분명하게 하는 작업은 나를 이동영으로서 온전히 우뚝 서게 했다. 만약 새롭게 사랑하게 된 이 모든 다음의 것들이 나를 또 괴롭히면 나는 어떻게 할까?

우선은 다행이처럼 앙- 하고 문 다음, 당신(혹은 그것)이 싫어서가 아니라 그게 날 괴롭히는 게 싫어서란 제스처를 취하겠다. 그리고 나의 다음 전략을 세울 것이다. 나에겐 분명한 선이 있고, 그 선이 내가 싫어하는 것임을 확실히 할 거라고. 나는 그로써 성장해 가며 그 정기적 업그레이드(성장의 거듭)가 내 생의 목적임을 한시도 잊지 않고 사는 사람이라고 온몸으로 말하며 살아갈 것이다.

이름을 바꾼 마음이면
못 할 게 없어

고2 시절, 학교 지하 구내식당에서 나 혼자 밥을 먹고 있었다. 누군가 성큼 다가와 무심히 내게 말을 건넸다. 내가 기억하는 한 우리가 친해진 시작은, 이 한마디였다.

"너는 왜 밥을 맨날 혼자 먹냐?"

나는 속으로 '그러는 넌?'이라고 외쳤지만, 그냥 무시하고 계속 먹었던 것 같다. 성적이 전교 1~2등을 놓치지 않아서 선생님들로부터 받는 총애에 동창들이 질투가 심해서였는지, 아니면 경쟁자라고 생각하는 친구들이 밥을 같이 안 먹어 줘서였는지, 밥 때를 놓쳤거나 계획표상 시간을 당긴 것인지 정확히는 몰라도 그 친구는 구내식당에 혼자서 자주 왔다. 그럴 때마다 녀석은 내 테이블에 와서 합석했다.

달달한 소스에 바삭한 돈가스가 3000원이라 자주 사 먹곤 했다. 그 돈가스에 딸린 옥수수 콘을 친구는 곧잘 뺏어 먹었다. 사실상 다음 한마디로 합의가 된 사항이긴 했지만.

"너 이거 맨날 남기더라? 내가 먹어도 되지?"

그렇게 시작된 만남은 그 이후로 식사 시간마다 이어졌다. 전교생 수와 비슷한 등수를 기록할 정도로 공부에 1도 관심이 없던 나와(OMR답안지에 엽기토끼 캐릭터를 그려 내서 꼴찌가 된 적이 있다) 모의고사 도 단위 석차 1등까지 기록했던 모범생이 친해진 것이다.

난 초중고 내내 친구와 오래 사귀는 법도 몰랐고, 걸핏하면 상처도 잘 받는 예민한 소심인이었다. 그 친구도 가끔은 신경 쓰이는 말을 하곤 했지만 나도 그를 그도 나를 내치진 않았다. 간혹 내가 생각지 못한 생각들을 많이 건네준 덕에 흥미로웠다. 친구 특유의 직설적인 화법이 절교할 만큼의 수준은 아니었던 거다. 그 친구 따라서 선택과목을 '경제'로 택해 함께 수강하기도 했다. 그 결과, 친구는 서울대 경제학부에 진학했고, 나는 점수가 더 떨어졌다는 건 비밀로 하고 싶지만… 이미 써 버렸네.

아무튼, 졸업하고 나서도 자주 보는 사이였고, 군 입대 후엔 내가 면회도 가고, 그 친구가 결혼할 때도 난 어머니와 함께 서울까지 가서 축하해 줄 정도로 늘 함께인 막역지우가 되었다. 더 신기한 건 친구 아버지와 우리 아버지가 회사 동료 출신이란 사실이었다. 인연은 인연이구나 생각했다.

그런데 내가 그 친구로부터 아쉬움을 살짝 느낀 사건이 생겼다. 바로 나의 '개명'사건. 이름을 비싼 돈 주고 바꿨는데, 바꾼 이름으로 안 부르고 자꾸 예전 학창 시절에 부르던 이름으로 부르는 게 아닌가. 결국엔 매번 개명 전 내 이름을 부르는 그 친구에게 백기를 들고, 그래 넌 특별한 내 친구니까 허용해 줄게 하고 설득을 포기했다. 며칠 후 친구의 명언은 함께 맥주를 마실 때 나왔다. 내가 말했다.

"난 언젠가 '강의'를 하고 싶어. 책도 계속 써서 작가로서도 자리매김할 생각이야. 근데 잘 될랑가는 모르겠다.(전북 군산 사투리)"

이 말을 듣고 당시 고시 공부를 하던 그 친구가 응원의 한마디를 해주었다.

"야, 이름을 바꾼 마음이라면 못 할 게 없어.
그게 얼마나 큰 결심인디.
넌 참 특별해. 나한테 없는 게 많이 있거든. 넌 잘 될 거여.
아무나 못 가는 길이다잉."

그 친구가 이 말을 자기가 해줬단 사실을 기억할는지는 모르겠다. 난 힘들 때마다 이 말을 홀로 꺼내 놓고 반복 재생하곤 한다. '이름을 바꾸는 마음'이라. 요즘이야 개명이 흔해졌지만 내가 개명신청을 하던 당시만 해도 이제 막 개명하는 사람들이 늘어나던 첫 시기였다. 지금만큼 흔하지는 않았던 거다. 20년을 넘게 하나의 이름으로 살아오던 내가 한순간 이름을 바꾼 일이 그 친구가 보기엔 특별해 보였던 것 같다.

이후에도 친구는 내가 힘들 때마다 아낌없이 손을 내밀어주고, 직설화법으로 정신 차리게 해주곤 했다. 가장 좋았던 건 내 자존감을 회복하는 말을 자주 해주었다. 여전히 얼굴 보며 지내는 가장 오래되고 든든한 친구이다.

"너 정말 흔치 않게 살았잖아.
나나 내 주위에 사람들보다
넌 진짜 스토리를 많이 품고 있는 친구여.

그래서 네가 작가도 된 거 가텨.
강사를 해도 잘 해낼 거여.
너 같은 친구가 작가하고 강사를 해야지.
맞아. 그려야지."

내가 이름을 바꾼 계기는 그 이름으로 살아온 지난 과거를 기억상실증에 걸린 사람처럼 깨끗이 잊어버리고 싶어서였다. 법적으로는 개명 사유에 '발음이 어려워서'라고 써서 통과했지만, 겸사 겸사였다. 더 진한 사유의 속내는 과거와 다른 새로운 삶으로 거듭나고픈 희망의 결단이었다. 이름을 바꾼 이후엔 지금 그대로의 나를 인정하는 수순이 필요했다. 이걸 친구의 말을 통해 깨닫게 된 것이다. 성인이 되어 '이름을 바꾼 마음'이란, 단순히 두 글자를 바꾼 사실을 뛰어넘는 일생일대의 사건이다.

더 중요한 건 개명 이후의 삶이었다. 친구가 나의 과거 '스토리'가 강사의 기반이 되고 작가의 콘텐츠가 된다고 격려해 줬을 때, 나는 지금 그대로의 나를 사랑하게 됐다. 인정하고 직면하기로 했다. 상처에 매몰되고 보잘것없는 나의 과거가 아니라, 그걸 딛고 다시 시작하려는 굳은 의지의 인간이 나라는 걸 사랑스러워하기로 한 것이다. 물론 과거의 나라고 해서 지금의 나와 무관하지 않다. 누구나 사람은 바보 같은 시절이 있고, 잊고 싶은 순간이 있고, 실수할 수도 있다. 변화하고자 하는 굳은 마음, 그것을 관철해 나가는 담대함이라면 못 할 게 무엇이 있을까.

이름을 바꾼 마음은 상징이다. 이름을 바꾸는 행위만이 전환점을 맞이하도록 하는 게 아니라, 그걸 선택한 내가 새로운 미래를 꿈꾸고 실제 다르게 살아간다는 점이 고무적인 거다. 누구든 '이름을 바꾸는 마음'이면 된다고 생각한다. 그건 나를 정의하는 마음이다. 부캐든 온라인 계정 닉네임이나 필명이든 가면을 쓰거나 배역을 맡는 것이든 간에, 우뚝 자기로 서는 마음 하나면 충분하다. 변화는 그렇게 시작되고 지속하는 법이니까.

어쩌면 나에게는 그게 퍼스널 브랜딩의 첫 시작이었다.

외로워서 향기로운 존재들에게
바치는 말

우선 미안할 정도로 감사한 존재가 있다. 부모님과 형이다. 가족은 내가 늘 빚지는 존재이다. 갚을 틈도 없이 이자가 붙는다. 미안하지만 감사하다. 사랑한다는 감정은 솔직히 잘 모르겠다. 내가 받는 건 분명 사랑인데, 내가 드리는 건 아직 사랑에 못 미친다. 건강했으면 좋겠다. 안전했으면 좋겠다. 난 40대부터 크게 성공할 거라, 실컷 누리려면 꼭 건강하시고 안전해야만 한다. 그땐 최소한 이들이 외롭다거나 쓸쓸할 틈 없이 뭐라도 해드리고 싶다.

우리 식구 중 하나인 '다행이'에게도 고맙다. 태생이 고양이라서 이 글은 못 읽겠지만 지면을 할애할 정도로 내겐 귀한 존재이다. 외로움에 정신을 못 차릴 때 결정적으로 의지가 되어 주었다. 비록 지금은 엄마 껌딱지가 되어 본가에서 지내지만, 차라리 잘 됐다. 훨씬 쾌적한 환경에서 잘 먹고 잘 사는 다행이. 길에서 트럭에 끼어 구조된 고양이로 우연히 내게 입양된 녀석이다. 그래서 이름을 '다행(뜻밖의 행운)'이라고 지었다. 고양이는 원래 외롭지 않다고 생각한다면 큰 오산이다. 내가 집에 있을 땐 자기 혼자서만 놀더니 막상 내가 밖에 나갔다 들어오면 매일 애타게 야옹댔다. 뒹구는 애교가 강아지 뺨에 냥냥펀치를 날릴 정도이다. 애교가 끝나면 자연스럽게 간식을 달라고 한다. 다행아, 너의 꽃말도 외로움… 아니, 네 꽃말은 츄르(고양이 간식 대명사) 같긴 하다.

가장 오래된 벗 동진, '간지' 그 자체인 영원한 전우 진아 씨는 내게 언제나 특별한 존재다. 그래, 가족 친척을 제외한다면 이들 덕분에 내가 지금 숨 쉬고 있다.

책을 쓰는 기간 동안에 가장 자주 본 교육대학원 동기 선생님들(윤영, 민영, 재연, 연수, 희진, 여진, 재민 샘)과 희림 대표님에게도 감사를 전한다. 응원과 용기뿐만 아니라, 살아가는 태도가 존경스러운 이들로부터 받는 자극은 이 책을 끝내 완성하는 원동력이었다. 또한, 내가 예전부터 존경해 마지 않는 분이 있다. 교육의 힘을 믿고, 나를 교육자로 무한 신뢰해 준 약손명가 박선희 대표원장님 덕분에 코로나19 기간 중 강사로서 힘든 시기를 잘 건너올 수 있었다. 여기에 감사한 마음을 새긴다. 이 책에 자주 등장하는 '여유'라는 단어를 소망하게 한 나의 롤모델이었다.

출판사 대표님과 편집장님, 아름다운 그림을 그려 준 이슬아 작가님에게는 무한 감사를 전한다. 덕분에 원고 쓰는 동안만큼은 외로운 줄도 몰랐습니다. 부끄럽지 않은 저자로 남겠습니다.

끝으로, 지금 이 책을 읽고 있는 당신의 외로움에 찬사를 보낸다. 내가 계속 살아가는 건 당신이 외로운 덕분이라고 확신한다. 책날개에 있는 작가소개에는 '세로 드립'이 숨겨져 있다. 내가 글을 쓰는 궁극적인 이유다. 이 책은 부제가 따로 없지만, 그 이유 자체가 부제이다.

감당하지 않아도 괜찮다. 억지로 견디지 않아도, 너무 애쓰지 않아도 괜찮다. 거기서 벗어나 소리쳐도 정말 괜찮다. 그러니 외롭다고 사라지진 말자, 부디. 죽지는 말잔 말이다.

오늘 당신이 버틴 하루가 계속 살아갈 자격이니까.

저자 이동영

사람아,
너의 꽃말은
외로움이다

글 이동영
그림 이슬아
발행일 2023년 5월 20일 초판 1쇄

발행처 다반
발행인 노승현
책임편집 민이언
출판등록 제2011-08호(2011년 1월 20일)
주소 서울특별시 마포구 양화로81 H스퀘어 320호
전화 02-868-4979 팩스 : 02-868-4978

이메일 davanbook@naver.com
홈페이지 davanbook.modoo.at
블로그 blog.naver.com/davanbook
포스트 post.naver.com/davanbook
인스타그램 @davanbook

ISBN 979-11-85264-67-7 03810